Über dieses Buch Neben vielen anderen verheerenden Folgen hatte der italienische Faschismus auch diese Konsequenz: Die zeitgenössische Literatur im Lande war – wie fast immer und überall unter totalitären Regimes – verödet. In der Zeit danach war es vor allem ein Autor, der neue Sprachformen fand – Cesare Pavese. Mit seiner ›Turiner Trilogie‹ hat er eines der bedeutendsten Werke der italienischen Nachkriegsliteratur geschaffen. Alle drei Romane umkreisen dasselbe Thema: In einer jeweils auf ein paar Sommertage zusammengedrängten Handlung und einer durch das Ambiente verschobenen Perspektive geht es um die Einsamkeit junger Menschen, ihre kreatürliche Verlassenheit in einem sich selbst entfremdeten Dasein. Zum zweiten Roman in diesem Zyklus ›Der Teufel auf den Hügeln‹ schrieb Walter Jens: »Die Trauer über die verrinnende Zeit und den verlorenen Sommer; der Abschied von der Jugend; die Sehnsucht nach dem Mythendämmer der Kindheit – das alles sind Chiffren für jene Verlorenheit, die Pavese immer wieder am Beispiel des Heimwehs nach dem Rustikalen verdeutlichen wollte. Stadt und Land, Turin und die Hügel, der Asphalt und der Wein, Mondänität und georgianisches Glück: nirgendwo wird diese Antithese mit solcher Konsequenz zugespitzt wie in diesem Roman.«

Der Autor Cesare Pavese wurde 1918 in San Stefano/Cueno als Sohn eines Justizbeamten geboren, studierte Literaturwissenschaft in Turin, war dann Lehrer, anschließend Lektor bei Einaudi; wurde vom faschistischen Regime nach Kalabrien verbannt; neben reicher eigener Schriftstellertätigkeit zahlreiche Übersetzungen aus dem Englischen und Amerikanischen (darunter Defoe, Faulkner, Joyce, Melville, Steinbeck); wurde 1950 mit dem bedeutendsten italienischen Literaturpreis, dem Premio Strega, ausgezeichnet; wenige Monate später beging Pavese Selbstmord in einem Turiner Hotel.
Vom selben Autor sind im Fischer Taschenbuch Programm lieferbar: ›Der Genosse‹ (Bd. 5302), ›Am Strand‹ (Bd. 5303), ›Unter Bauern‹ (Bd. 5304) und ›Der schöne Sommer‹ (Bd. 5899).

Cesare Pavese
Der Teufel auf den Hügeln

Roman

Aus dem Italienischen
von Charlotte Birnbaum

Fischer
Taschenbuch
Verlag

Veröffentlicht im Fischer Taschenbuch Verlag GmbH
Frankfurt am Main, März 1986
Lizenzausgabe mit freundlicher Genehmigung der
Claassen Verlags GmbH, Düsseldorf

Die italienische Originalausgabe erschien 1949
unter dem Titel ›Il diavolo sulle colline‹
bei Giulio Einaudi Editore, Turin
Umschlaggestaltung: Jan Buchholz/Reni Hinsch
Gesamtherstellung: Clausen & Bosse, Leck
Printed in Germany
780-ISBN-3-596-25965-7

I

Wir waren noch sehr jung. In jenem Jahr habe ich wohl kaum geschlafen. Aber ich hatte einen Freund, der noch weniger schlief als ich; manchmal sah man ihn am Morgen, wenn die ersten Züge ein- und ausfuhren, vor dem Bahnhof auf und ab gehen. Wir hatten Pieretto spät in der Nacht an der Haustür verlassen; er hatte noch einen Rundgang gemacht und dann sogleich, kaum war der Morgen heraufgedämmert, Kaffee getrunken. Nun studierte er die verschlafenen Gesichter von Straßenfegern und Radfahrern. Nicht einmal er erinnerte sich an die Gespräche der Nacht; während er noch wach war, hatte er sie verdaut und sagte gelassen: »Es ist spät. Ich gehe zu Bett.«

Einer, der auch hinter uns hertrottete, wollte gar nicht begreifen, was wir noch tun wollten zu einer Zeit, da es Schluß war mit dem Kino, dem Geld, den Kneipen und den Gesprächen. Er setzte sich mit uns dreien auf die Bänke, hörte uns zu, wenn wir brummten und laut loslachten, begeisterte sich an dem Einfall, die Mädchen zu wecken oder auf den Hügeln den Anbruch des Morgens abzuwarten; dann, als unsere Laune umschlug, zögerte er und fand den Mut, nach Hause zu gehen. Anderntags fragte er uns: »Was habt ihr dann noch gemacht?« Es war nicht leicht, ihm zu antworten. Wir hatten einem Betrunkenen zugehört, mit angesehen, wie Plakate angeklebt wurden, waren über die Märkte gegangen, hatten Schafe durch die Korsos ziehen sehen.

Da sagte Pieretto: »Wir haben mit einer Frau Bekanntschaft gemacht.«
Der andere glaubte es nicht; aber es verschlug ihm die Sprache. »Man muß Ausdauer haben«, sagte Pieretto. »Man geht immer wieder vor ihrem Balkon auf und ab. Die ganze Nacht: sie weiß es, sie bemerkt es. Man braucht sie gar nicht zu kennen, man fühlt es im Blut. Es kommt der Augenblick, da hält sie es nicht mehr aus, sie springt aus dem Bett und sperrt dir die Läden auf. Du lehnst die Leiter an…«
Aber wir drei sprachen nicht gern von Frauen. Wenigstens nicht im Ernst. Weder Pieretto noch Oreste vertrauten mir alles an. Deswegen hatte ich sie gern. Frauen, solche, die Männer auseinanderbringen, würden erst später kommen. Vorläufig sprachen wir nur von dieser Welt, vom Regen und von der Sonne, und das gefiel uns so sehr, daß Schlafengehen uns wahrhaftig als ein Zeitverlust erschien.
Eines Nachts in jenem Jahr saßen wir am Ufer des Po auf einer Alleebank. Oreste hatte gebrummt: »Gehn wir zu Bett!«
»Leg dich doch dort hin«, hatten wir zu ihm gesagt, »warum willst du den Sommer vertun? Kannst du nicht mal mit nur einem Auge schlafen?« Oreste drückte die Wange auf die Banklehne und sah uns verstohlen an.
Ich sagte, man sollte in der Stadt nie schlafen müssen. »Es ist immer hell, immer Tag. Man müßte jede Nacht etwas unternehmen.«
»Das kommt, weil ihr Jungen seid«, sagte Pieretto. »Ihr seid Jungen und nach allem gierig.«
»Und was bist du?« fragte ich. »Ein alter Mann?«
Oreste sprang plötzlich auf: »Die Alten, heißt es, schlafen nie. Wir streifen nachts umher. Ich möchte wissen, wer da schläft.«
Pieretto grinste.

»Was gibt's?« fragte ich vorsichtig.
»Zum Schlafen braucht man erst mal eine Frau«, sagte Pieretto. »Das ist der Grund, warum ihr nicht schlafen wollt und die Alten auch nicht.«
»Mag sein«, brummte Oreste, »aber ich falle jetzt trotzdem um vor Müdigkeit.«
»Du bist eben nicht aus der Stadt«, sagte Pieretto. »Für Leute wie dich hat die Nacht noch einen Sinn, den von früher. Dir geht's wie den Hofhunden und den Hühnern.«
Es war zwei Uhr vorbei. Der Höhenzug jenseits des Po schimmerte. Es war kühl, fast kalt.
Wir erhoben uns und gingen wieder hinauf zur Stadtmitte. Ich dachte hin und her, wie merkwürdig geschickt Pieretto darin war, sich immer selbstsicher zu geben, so daß wir andern uns sagen mußten, wir wären einfältig. Weder Oreste noch mir ging Schlaf verloren, weil wir an Frauen gedacht hätten. Zum soundsovieltenmal fragte ich mich, was für ein Leben Pieretto wohl geführt hatte, bevor er nach Turin kam.
Auf einer der Bänke in den Bahnhofsanlagen schliefen im spärlichen Schatten der Bäume mit offenem Mund zwei Bettler. Sie waren in Hemdsärmeln und sahen mit ihrem krausen Haar und ihren Bärten wie Zigeuner aus. Nur ein paar Schritte von dort enfernt sind die Aborte, und wie sehr auch die Nacht nach Kühle und Sommer roch, an diesem Ort herrschte ein übler, scharfer Gestank, in dem man den langen Tag voll Sonne, Gedränge und Getöse spürte, voll von Schweiß, von in der Hitze geschmolzenem Asphalt und ruhelosen Menschenmassen. Gegen Abend setzen sich auf diese Bänke – dürftige Oasen im Herzen Turins – immer bescheidene Frauchen, Einsame, Hausierer, Habenichtse. Sie langweilen sich, warten und altern.

Worauf warten sie? Pieretto sagte, sie warteten auf etwas Großes, auf den Einsturz der Stadt, auf die Apokalypse. Manchmal verscheucht sie ein Sommergewitter und wäscht alles ab.
Die zwei in jener Nacht schliefen, als hätte sie jemand erstochen. Auf dem öden Platz redeten noch ein paar Leuchtreklamen in den leeren Himmel und warfen Reflexe auf die beiden Toten. »Die sind richtig«, sagte Oreste. »Lehren uns, wie man es macht.«
Er wandte sich ab, um zu gehen.
»Komm mit uns«, sagte Pieretto. »Zu Hause erwartet dich niemand.«
»Auch dort nicht, wo ihr hingeht«, sagte Oreste, blieb aber bei uns.
Wir gingen in Richtung der Portici Nuovi.
»Die zwei da«, sagte ich leise. »Es muß schön sein, beim ersten Sonnenstrahl auf der Piazza aufzuwachen.«
Pieretto schwieg.
»Wohin gehen wir?« fragte ich und blieb stehen.
Pieretto ging noch einige Schritte und blieb gleichfalls stehen.
»Ich möchte gern noch irgendwo hin«, sagte ich. »Doch alles ist schon geschlossen. Keine Menschenseele. Ich frage mich, wozu diese ganze Beleuchtung gut ist.«
Pieretto sagte nicht sein übliches ›und du, bist du zu etwas gut?‹, sondern brummte: »Sollen wir auf den Hügel gehen?«
»Es ist weit«, sagte ich.
»Es ist weit, aber er hat jenen Geruch!« sagte er.
Wir gingen wieder den großen Korso hinunter; auf der Brücke fror ich; dann machten wir uns an den Aufstieg, um schnell aus der bekannten Gegend hinauszukommen. Es war feucht, dunkel, kein Mond; Glühwürmchen flim-

merten. Nach einer Weile gingen wir langsamer, wir schwitzten. Im Gehen sprachen wir von uns selbst. Wir sprachen aufgeregt und zogen auch Oreste ins Gespräch; diese Straßen waren wir schon früher hinaufgestiegen, erhitzt vom Wein oder von der fröhlichen Gesellschaft; doch all dies zählte nicht, es war nur ein Vorwand, um zu gehen, zu steigen, die Masse des Höhenzuges unter den Füßen zu haben. Wir gingen zwischen den Feldern, den Gehegen und den Zäunen der Villen, rochen den Asphalt und den Wald.

»Für mich ist das genauso wie eine Blume in einer Vase«, sagte Pieretto.

Wie merkwürdig es auch scheint, wir waren jedenfalls auf jener Straße nie bis zum Gipfel gestiegen. Es mußte eine Stelle, einen Paß geben, wo die Straße eben verlief, die höchste Stelle des Hanges, die ich mir vorstellte wie eine letzte Hecke, einen auf die Welt der weiten Ebenen hinausgehenden Balkon. Von anderen Stellen der Höhen, von Superga, vom Pino aus, hatten wir schon einmal hinübergeschaut, am hellichten Tag. Oreste hatte uns am Horizont jenes Ziegelsteinmeeres unbestimmte waldige Schatten gezeigt, die Orte seiner Heimat.

»Es ist wirklich spät«, sagte Oreste. »Sonst war hier ein Lokal neben dem andern.«

»Sie schließen zur festgesetzten Stunde«, sagte Pieretto. »Aber wer drin ist, feiert weiter.«

»Na, es lohnt sich ja wahrhaftig, im Sommer hier heraufzukommen«, sagte ich, »um sich vor verschlossenen Türen und Läden zu amüsieren.«

»Sie haben wahrscheinlich einen Garten«, sagte Oreste, »und Wiesen. Sie schlafen im Park.«

»Einmal ist auch Schluß mit den Parks«, sagte ich, »dann kommt der Wald und der Weinberg.«

Oreste grunzte. Ich sagte zu Pieretto:
»Du kennst das Land nicht. Schwärmst die ganze Nacht, kennst aber das Land nicht.«
Pieretto gab keine Antwort. Ab und zu bellte irgendwo ein Hund.
»Wollen wir mal haltmachen?« sagte Oreste bei einer Biegung. Pieretto tauchte aus seinen Gedanken auf. »Um so mehr«, sagte er eifrig, »als die Hasen und Nattern unter die Erde gekrochen sind und sich vor denen, die vorübergehen, fürchten. Der vorherrschende Geruch ist das Benzin. Wo gibt's denn noch Land, das Leuten wie euch gefiele?«
Er klammerte sich wild an mich: »Wenn jemand in den Wäldern den Dolch in die Kehle kriegen würde«, rief er in seinem unverwechselbaren Tonfall, »glaubst du wirklich, das wäre eine aufregende Geschichte? Die Grillen würden wegen des Toten verstummen? Ein See von Blut würde mehr zählen als Spucke?« Oreste spuckte angewidert aus. Er sagte: »Vorsicht, da kommt ein Wagen herunter!«
Langsam und geräuschlos tauchte ein großer, offener, mattgrüner Wagen auf und hielt ohne einen Ruck, ganz leicht. Der hintere Teil blieb im Dunkel der Bäume. Verdutzt sahen wir hin. »Seine Scheinwerfer sind aus«, sagte Oreste.
Ich dachte, im Innern säße vielleicht ein Pärchen, und ich wäre gern weit weg gewesen, auf dem Paß, ich hätte lieber niemanden getroffen. Weshalb brausten sie nicht in dieser ihrer Wunderkiste nach Turin und ließen uns allein auf unserm Land? Oreste sagte mit gesenktem Kopf, wir sollten weitergehen.
Während ich dicht am Wagen vorbeiging, erwartete ich Geflüster und das Rascheln von Kleidern, ja, ein Lachen,

und sah statt dessen undeutlich einen Mann allein am Steuer, einen jungen Mann, nach hinten übergelehnt, das verkrampfte Gesicht zum Himmel gekehrt.
»Es scheint, er ist tot«, sagte Pieretto.
Oreste war schon aus dem Dunkel herausgetreten. Wir gingen beim Gezirp der Grillen weiter; und während der wenigen Schritte unter den Bäumen ging mir vielerlei durch den Kopf. Ich wagte nicht, mich umzudrehen.
Pieretto neben mir schwieg. Die Spannung wurde unerträglich. Ich blieb stehen.
»Unmöglich«, sagte ich. »Der dort schläft nicht.«
»Wovor hast du Angst?« fragte Pieretto.
»Hast du ihn gesehen?«
»Er schlief.«
»So schläft einer nicht ein, und dazu in einem fahrenden Auto«, sagte ich.
Mir tönte noch der Wortschwall Pierettos im Ohr. »Käme bloß jemand vorbei.« Wir drehten uns um und schauten auf die Straßenbiegung im Dunkel der Bäume. Ein Glühwürmchen blitzte auf und flog, glimmend wie eine Zigarette, über die Straße.
»Hören wir, ob der Motor wieder anspringt.«
Wer einen solchen Wagen besitze, könne es sich auch bequem sein lassen und die Sterne angucken, sagte Pieretto.
Ich horchte angestrengt. »Womöglich hat er uns gesehen...«
»Sehn wir, ob er antwortet«, sagte Oreste und stieß einen Schrei aus. Ohrenbetäubend, viehisch; es begann wie das Rollen des Donners und ein Stiergebrüll, das dann in einem wilden, trunkenen Lachen erlosch. Durch einen Sprung entging Oreste meinem Tritt. Wir spitzten alle die Ohren. Jener Hund bellte von neuem, die Grillen schwiegen erschreckt.

Nichts. Oreste riß den Mund auf, um wieder zu brüllen, und Pieretto sagte: »Los!«
Diesmal brüllten alle miteinander, anhaltend und schrill, immer wieder.
Mir lief es kalt über den Rücken bei dem Gedanken, daß ein solcher Schrei in der Nacht wie ein Scheinwerferstrahl überall hindrang, an die Hänge, bis tief hinein in die Pfade, in die Schattenklumpen, ins Innere der Höhlen, unter die Wurzeln, und alles durchbebte.
Wieder bellte der Hund wie verrückt. Wir horchten und starrten auf die Kurve. Gerade wollte ich sagen: »Er wird vor Schreck gestorben sein«, da hörte man den Knall einer zuschlagenden Wagentür. Oreste sagte mir ins Ohr: »Jetzt kommt die wilde Jagd«, und wir warteten und starrten auf jene Bäume. Eine Weile geschah nichts. Der Hund hatte sich beruhigt, und überall unter den Sternen zirpten die Grillen. Wir sahen wie gebannt auf jenen Schattenstreifen. »Gehn wir«, sagte ich, »wir sind zu dritt.«

II

Wir fanden ihn auf dem Trittbrett des Wagens, das Gesicht in den Händen. Er rührte sich nicht. Wir blieben wenige Schritte entfernt stehen und betrachteten ihn wie ein gefährliches Tier.
»Kotzt er vielleicht?« fragte Pieretto.
»Möglich«, sagte Oreste. Er ging zu ihm hin und griff ihm an die Stirn, wie man es tut, wenn man Fieber fühlen will. Der andere preßte seine Stirn gegen die Hand wie ein Hund, der spielt. So schien es hin und her zu gehen, ich hörte sie kichern. Oreste drehte sich um.

»Es ist Poli«, sagte er. »Tatsächlich. Sie haben eine Villa.«
Der andere saß da, hielt Orestes Hand und schüttelte den Kopf, als käme er gerade aus dem Wasser. Er war ein schöner, stattlicher junger Mann mit matten, erschrockenen Augen, um ein paar Jahre älter als wir.
An Orestes Hand geklammert, blickte er uns an, doch nichts wies darauf hin, daß er uns sah.
Da sagte Oreste zu ihm: »Warst du nicht in Mailand?«
»Es ist noch Zeit für die Zugvögel«, sagte der andere. »Wo kommst du denn so flink her?«
»Wir sind hier doch nicht zur Jagd an den Coste«, sagte Oreste und machte seine Hand los. Dann, den Wagen musternd: »Habt ihr jetzt einen anderen?«
Da steht er und redet mit einem, der betrunken ist, dachte ich. Der Schreck von vorhin war zur Gereiztheit geworden. Soll er ihn doch lassen, wo er ist!
Besagter Poli sah uns an, bestürzt und traurig wie ein Kranker, der starr aus seinem Bett herausblickt. Keiner von uns hatte es je so weit mit sich kommen lassen. Und doch war er braungebrannt und des Wagens durchaus würdig. Ich schämte mich unseres Gebrülls von vorhin.
»Sieht man von hier aus nicht Turin?« fragte er, sprang lebhaft auf und blickte um sich. »Man müßte es sehen. Seht ihr Turin?«
Abgesehen von seiner Stimme, die wie wattiert schien, rauh und schwach zugleich, war er jetzt fast normal. Er schaute sich um und sagte zu Oreste: »Ich bin seit drei Nächten hier. Es gibt eine Stelle, von der aus man Turin sieht. Wollt ihr nicht mitkommen? Es ist ein schöner Platz.«
Nun bildeten wir eine Gruppe, und Oreste fragte ihn geradeheraus: »Bist du von zu Hause weggelaufen?«

»In Turin erwartet man mich«, sagte er. »Neureiche, unerträgliche Leute.« Er betrachtete uns mit seinen matten Augen, lächelnd wie ein verschämtes Kind. »Wie widerlich sind doch gewisse Leute, die alles mit Handschuhen machen. Auch ihre Kinder und ihre Millionen.«
Pieretto, der neben ihm stand, sah ihn spöttisch an.
Der andere zog Zigaretten hervor und reichte sie herum. Es war ein milder, fermentierter Tabak. Wir zündeten sie an.
»Wenn sie mich mit dir und deinen Freunden sähen«, sagte Poli, »das gäbe ein Gelächter. Es tut mir wohl, diese Leute zu versetzen.«
Laut sagte Pieretto: »Sie sind aber mit wenig zufrieden.«
Und Poli: »Ich mache gern Spaß. Sie nicht auch?«
»Um über Neureiche zu lästern«, sagte Pieretto, »muß man es machen können wie sie oder leben, ohne einen Pfennig zu zahlen.«
Verdutzt sagte Poli: »Glauben Sie?« Das sagte er mit einem solchen Eifer, daß auch Oreste ein Lächeln nicht unterdrücken konnte. Gleich darauf streckte dieser Poli die Arme nach uns aus, in einer Art, als nähme er uns als Komplizen, und sagte ganz leise: »Es hat einen anderen Grund.«
»Sag ihn uns.«
Poli ließ die Arme sinken und seufzte. Er schaute uns kläglich von unten her an und schien sich recht elend zu fühlen.
»Weil ich mir heute nacht wie ein Gott vorkomme«, sagte er leise.
Keiner lachte. Es herrschte einen Augenblick Stille, und Oreste schlug vor: »Kommt, schauen wir auf Turin hinunter.«

Wir gingen eine kurze Strecke abwärts bis zu einer terrassenartigen Straßenbiegung, von der aus man die Lichter Turins glänzen sah. Wir blieben am Rand stehen. Beim Aufstieg hatte keiner von uns sich umgeschaut. Poli legte seinen Arm um Orestes Schulter und blickte auf das Lichtermeer. Er warf seine Zigarette weg und schaute.
»Und was nun?« fragte Oreste.
»Wie klein der Mensch ist«, sagte Poli. »Sträßchen, Höfe, Schornsteine. Es sieht von hier aus wie ein Meer von Sternen. Und doch merkt man das nicht, wenn man mittendrin ist.«
Pieretto ging ein paar Schritte abseits, pißte in einen Strauch und rief: »Sie wollen uns foppen!«
Und Poli ganz ruhig: »Ich mag den Kontrast. Nur in Kontrasten fühlt man sich stärker, dem eigenen Körper überlegen. Ohne Kontraste ist das Leben banal. Ich mache mir keine Illusionen.«
»Wer macht sich schon welche?« sagte Oreste zu ihm.
Der andere sah auf und lächelte. »Wer? Doch alle. Alle, die in jenen Häusern schlafen. Sie glauben, sie wären jemand, sie haben Träume, sie erwachen, sie schlafen zusammen, ich bin der und der, und statt dessen...«
»Statt dessen?« fragte Pieretto und kam näher.
Poli hatte den Faden verloren, er schnippte, nach dem Wort suchend, mit den Fingern.
»Du sagtest, das Leben wäre banal«, sagte Oreste.
»Das Leben ist das, was wir sind«, sagte Pieretto.
Poli sagte: »Setzen wir uns!« Er schien durchaus nicht betrunken. Ich fing an zu glauben, seine verdrehten Augen wären wie sein seidenes Hemd, sein Händedruck, das schöne Auto: Dinge, an die er gewöhnt war, und nicht von ihm wegzudenken.
Wir schwatzten eine Weile, so wie wir da im Gras saßen.

Ich ließ sie reden und lauschte dem Gezirp der Grillen. Poli schien die Sarkasmen Pierettos zu überhören: er erklärte ihm, weshalb er Turin und die menschliche Gesellschaft seit drei Nächten floh; er nannte Hotels, wichtige Leute, Mätressen. Sowie Pieretto nach und nach in Eifer geriet und auf Poli einging, machte ich mich von ihm los: es wurde mir immer klarer, daß er nichts als ein Wichtigtuer war. Ich kam wieder in die Stimmung von vorhin, als der Wagen gehalten und ich mir vorgestellt hatte, die Insassen wären beim Liebesspiel.
Plötzlich sagte ich: »Offenbar lohnt es sich, Turin zu verlassen, wenn man dann endlos darüber spricht.«
»Ja, eben«, sagte Oreste und sprang auf. »Gehn wir nach Hause, morgen wird gearbeitet.«
Poli erhob sich, Pieretto ebenfalls. »Kommst du nicht mit?« fragten sie mich.
Während wir auf den Wagen zugingen, blieb ich mit Oreste ein paar Schritte zurück und fragte ihn aus über Poli. Er sagte mir, sie besäßen Ländereien in seiner Nachbarschaft, eine große Villa, einen ganzen Hügel. »Als Junge kam er aufs Land hinaus, und wir gingen zusammen auf die Jagd. Liederlich war er schon damals, aber er trank noch nicht so.«
Er rief Poli zu: »Geht ihr dieses Jahr auf den Greppo?«
Poli brach das Gespräch mit Pieretto ab und drehte sich um.
»Letztes Jahr hat mich Papa dort eingesperrt, ohne mir den Wagen zu lassen«, sagte er unbefangen. »Merkwürdige Einfälle haben die Leute. Er wollte mich loshaben... Wovon? Ich weiß nicht, ob ich wieder hingehe. Es ist ganz schön dort für einen Tag, länger nicht. Mit ein paar Freunden, ein paar Schallplatten...«
Artig öffnete er die Wagentür. Ich wäre lieber nicht einge-

stiegen, denn ich merkte jetzt, daß wir mit ihm nicht so sein konnten, wie wir unter uns waren. Man mußte ihm zuhören, seine Welt annehmen und antworten, wie er es erwartete. Höflich mit ihm sein, hieß: ihm als Spiegel herhalten. Ich begriff nicht, wie Oreste es fertiggebracht hatte, tagelang mit ihm zusammen zu sein.
Am Steuer drehte Poli sich um und fragte: »Also los?«
»Wohin?«
»Auf den Greppo!«
Oreste sprang auf. »Wir sind doch nicht verruckt! Ich will schlafen gehen.«
Auch ich erhob Einspruch; es war eine unmögliche Zeit.
»Es ist noch nicht Tag«, sagte Poli. »Es ist kurz vor vier. Um fünf sind wir dort.«
Wir riefen gleichzeitig, wir hätten ein Zuhause.
»Bring uns hinunter«, sagte Oreste. »Vielleicht ein andermal.«
Ich flüsterte ihm zu: »Kann man sich auf ihn verlassen?«
Oreste sagte: »Ich will schlafen gehen. Laß uns bei Porta Nuova aussteigen.«
Wir fuhren auf Turin zu. Der Wagen glitt ruhig und sicher dahin.
Pieretto, der neben Poli saß, hatte geschwiegen.
Wir waren in den erleuchteten und verlassenen Alleen der Stadt. Oreste verließ den Wagen in der Via Nizza, vor den Portici.
Auf dem Trittbrett sagte er Poli auf Wiedersehen. Kurz darauf setzten sie auch mich an meiner Haustür ab. Ich verabschiedete mich. Zu Pieretto sagte ich, wir würden uns am nächsten Tag treffen.
Der Wagen verschwand mit den beiden.

III

Tagsüber schwitzten wir über unseren Prüfungen, vor allem Oreste, der Medizin studierte. Pieretto und ich bereiteten uns aufs juristische Examen vor, aber die ärgste Anstrengung sollte erst im Oktober drankommen; bekanntlich ist das Recht etwas Improvisiertes, und mit übermäßigem Fleiß ist da nichts zu machen. Oreste hingegen steckte tief in der Arbeit und ging abends kaum noch mit uns aus. Doch am frühen Nachmittag wußten wir, wo er zu finden war. Er wohnte zwar draußen auf dem Land, hatte sich aber in Turin ein Zimmer gemietet und aß in einer Trattoria.

Nach jener Nacht ging ich ihn besuchen. Ich traf ihn in der Trattoria, er kaute an einem Apfel, den Ellenbogen auf die Mappe gestützt, den Rücken an die Wand gelehnt. Es war heiß; er fragte mich, ob ich Pieretto schon gesehen hätte.

Während wir uns Luft zufächelten, sprachen wir wieder von einem Plan, den wir für diesen Sommer hatten. Wir wollten zu dritt aufs Land hinauskommen, in das Dorf von Oreste; sein Hof war weiträumig, wir würden viel Spaß haben. Aber Pierettos und meine Idee war, den Rucksack zu nehmen und zu Fuß zu gehen. Oreste fand das sinnlos: vom Land und von der Hitze würden wir noch mehr als genug bekommen, wenn wir dort wären.

»Was meinst du von Pieretto?«

»Du glaubst doch nicht«, sagte Oreste, »daß der heute nacht schlafen gegangen ist?«

»Womöglich studiert er.«

»Na...«, sagte Oreste. »Mit dem dort und seinem Wagen! Hast du nicht gemerkt, wie gut sie sich verstehen?«

Nun sprachen wir von der vergangenen Nacht, von Poli,

von all den Merkwürdigkeiten. Oreste sagte, man brauche sich nicht zu wundern. Er stehe mit Poli auf du und du, obwohl der Vater ein steinreicher Mann sei, ein Commendatore aus Mailand, dem das riesige Landgut gehöre, auf das er nie komme. Poli war dort aufgewachsen, Sommer für Sommer, mit zehn Kindermädchen, Kutsche und Pferden. Und erst als er lange Hosen trug, habe er seine Meinung sagen, herauskommen und ein paar Leute im Dorf kennenlernen können. Zwei- oder dreimal war er, wenn die Schnepfen durchzogen, mit den anderen zur Jagd gegangen. Er war ein geschickter Junge und ein kluger Kopf; nur an Stetigkeit fehlte es ihm, das schon. Manchmal schwenkte er bei einer Sache mittendrin um.

»Das kommt von dem Leben, das sie führen«, sagte ich. »Sie werden wie Frauen.«

»Und doch weiß er Bescheid«, sagte Oreste. »Hast du gehört, was er von seinesgleichen sagt?«

»Das war nur so hingesagt. Er war betrunken.«

Da schüttelte Oreste den Kopf. Er sagte, Poli sei nicht betrunken gewesen. Ein Betrunkener sei ganz anders. »Vielleicht war er vor drei Tagen betrunken und hat sich schweinisch benommen. Jetzt steht es schlimmer. Mit dem Betrunkenen hat man Nachsicht.« Oreste äußerte sich manchmal so überraschend.

»Er ist nicht gegen seinesgleichen losgezogen. Er ist gegen die losgezogen, die zu Geld gekommen sind und nicht zu leben verstehen«, sagte ich. »Du bist sein Freund. Du solltest ihn kennen.«

»Du weißt, wie das ist«, sagte Oreste. »Auf die Jagd gehen ist soviel wie zusammen zur Schule gehen. Meinem Vater lag daran.«

Er leerte sein Glas, und wir brachen auf. Als wir in der Sonne die Häuserreihe entlang gingen, deutete ich an, Pieretto habe es Poli in allen Tonarten gesagt. »Pieretto hat eine Art zu lachen, daß es aussieht, als spucke er einem ins Gesicht. Er selbst findet nichts dabei, aber die Leute sind beleidigt.«

»Wer weiß«, sagte Oreste, »ich habe nie erlebt, daß Poli beleidigt war.«

Am Abend erschienen weder Pieretto noch Oreste. Mir wurde, wenn man mich in jenem Jahr allein ließ, jede Viertelstunde zur Qual. Wieder nach Hause zu gehen, um zu studieren, war sinnlos; ich war zu sehr daran gewöhnt, mit Pieretto zu leben und zu reden und durch die Straßen zu bummeln; an der Luft, in der Bewegung, selbst im Dunkel der Alleen gab es mehr Dinge, als ich begreifen und auskosten konnte. Immer war ich im Begriff, einem Mädchen zu folgen oder in eine zweideutige Kneipe zu gehen; oder ich stand vor dem Entschluß, auf eine Allee los- und weiterzugehen, immer weiter, bis es hell würde und ich mich dann wer weiß wo wiederfände. Statt dessen zog ich durch die gewohnten Straßen, kam wieder und wieder an den Kreuzungen und Schildern vorüber, sah die gleichen Gesichter. Manchmal pflanzte ich mich unentschlossen an einer Ecke auf und blieb halbe Stunden lang stehen, wütend auf mich selbst.

Aber an jenem Abend erging es mir besser. Die Begegnung mit Poli hatte mich von vielen Skrupeln befreit und machte mir klar, daß es in der Welt bei Tag wie bei Nacht bevorzugte Menschen gäbe, die törichter waren als ich, Müßiggänger, die mehr genossen als ich. Denn Vater und Mutter – Provinzler, die in die Stadt gezogen waren – hatten mir, ohne daß sie im Grunde etwas davon verstanden, das eine eingepaukt: die Torheiten der Armen darfst du begehen, die der Reichen nie. Natürlich waren mit den Armen nicht Zerlumpte gemeint.

Ich verbrachte den Abend in einem Kino, war vergnügt, und unruhig nur, wenn ich an Poli dachte. Als ich herauskam, war ich noch nicht müde und ging in der Kühle unter den Sternen durch verlassene Gäßchen. Ich bin in Turin geboren und aufgewachsen, doch an jenem Abend dachte ich zurück an die schmalen, offen mitten durchs Land führenden Feldwege des großen Dorfes, aus dem meine Leute stammten. In einem ähnlichen Dorf aber hatte Oreste gelebt und würde sehr bald dorthin zurückkehren. Zurückkehren, um dort zu bleiben. Das war sein Ehrgeiz. Hätte er gewollt, so hätte er in der Stadt bleiben können. Doch war da ein Unterschied?
An der Haustür hörte ich meinen Namen rufen. Es war Pieretto, der aus dem Mauerschatten über die Straße auf mich zukam. Er wollte bleiben, schwatzen, er war noch nicht müde. Er hatte sich in den Abendstunden nicht sehen lassen, weil er den ganzen Tag mit Poli zusammen gewesen war. Den Rest der vorigen Nacht waren sie noch durch die Gegend gefahren; am Morgen, bei Sonne, waren sie an den Seen gelandet; dort hatte Poli sich schlecht gefühlt, er war beim Aussteigen wie ein Sack zu Boden gefallen: vielleicht lag es an dem blendenden Widerschein der Sonne. Poli war voll von Kokain, ganz vergiftet. Da hatte Pieretto jenes Hotel in Turin angerufen; jemand riet ihm, er solle in Mailand anrufen. »Dazu habe ich kein Geld!« hatte Pieretto geschrien. Dann war ein Priester, der fahren konnte, in den Wagen gestiegen, und sie hatten Poli nach Novara gebracht. Dort hatte ein Arzt ihn aufgeweckt und dafür gesorgt, daß er schwitzte und sich übergab; hernach hatten sie mit dem Priester Streit bekommen; er beschuldigte Pieretto, er habe einen schlechten Einfluß auf den Freund. Schließlich hatte Poli alles in Ordnung gebracht, Arzt, Telefon und Mittagessen bezahlt; den Priester hat-

ten sie nach Hause gefahren und dabei lange über Sünde und Hölle gesprochen.
Pieretto war äußerst befriedigt. Er hatte die Tollheiten Polis genossen, die Fahrt genossen, das Gesicht des Priesters genossen. Poli badete jetzt und zog sich um; hinter all dem steckte eine Dame, eine Art Furie, die ihn von Mailand nach Turin verfolgt hatte und ihn im Hotel belagerte, eine Aussprache mit ihm verlangte, ihm Blumen schickte.
»Er ist vielleicht ein bißchen blöd«, sagte Pieretto. »Aber er versteht es, die Leute an der Nase herumzuführen. Für das Geld, das er ausgibt, amüsiert er sich auch.«
»Er geht zu weit«, sagte ich, »er ist gewissenlos.«
Da begann Pieretto mir auseinanderzusetzen, daß Poli nichts Schlimmeres täte als wir. Wir, Habenichtse und Bürger, verbrachten die Nacht redend auf den Bänken, gingen zu Huren, tranken Wein; Poli hatte andere Mittel, er hatte Drogen, Freiheiten, Frauen von Klasse. Reichtum ist Macht. Das ist alles.
»Du bist ja verrückt«, sagte ich. »Wir denken über die Dinge nach. Ich will begreifen, warum ich das Herumstreunen genieße. Du zum Beispiel bist auf Turin aus, und mir gefällt es, auf den Hügel zu steigen. Mir gefällt der Geruch der Erde. Warum? Poli schüttelt diese Dinge ab. Er ist gewissenlos, das sagt auch Oreste.«
»Ihr seid blöd«, erwiderte Pieretto und erklärte mir, es gäbe ein Bedürfnis nach Erfahrung, nach Gefahr, und die Grenzen setze die Umgebung, in der man lebt. »Es kann schon sein, daß Poli Dummheiten sagt und begeht«, meinte er, »kann sein, daß er sich damit ruiniert. Aber noch trauriger wäre, wenn er so lebte wie wir.«
Diskutierend wie immer, machten wir uns auf den Weg. Pieretto blieb dabei, daß Poli ganz recht habe, wenn er

seinen Mitteln entsprechend das Leben kennenlerne.
»Aber er sagt ja dummes Zeug«, warf ich ein.
»Das macht nichts«, sagte Pieretto, »er müht sich auf seine Art ab und kommt an Dinge, von denen euresgleichen nicht mal eine Ahnung hat.«
»Will er sein Kokain auch dir verabreichen?«
Gereizt sagte Pieretto, Poli spiele sich mit der Droge nicht auf. Er spreche kaum davon. Doch jenem Priester habe er Dinge gesagt über die Sünde, die tiefe Einsicht und eine echte Erfahrung zeigten.
Da lachte ich Pieretto ins Gesicht, und das reizte ihn noch mehr.
»Erst nimmst du Anstoß daran, daß einer Kokain schluckt«, sagte er, »und dann lachst du, wenn man von Sünde spricht.«
Er blieb vor einer Bar stehen. Er sagte, er gehe telefonieren. Nach einer Weile trat er halb aus der Zelle und wollte wissen, ob Oreste noch käme.
»Es ist Mitternacht. Oreste schläft. Bei seinen Finanzen bleibt ihm nichts anderes übrig«, sagte ich.
Pieretto schrie in den Apparat. Das ging eine Zeitlang so weiter. Er redete und kicherte. Als er herauskam, sagte er: »Wir gehen zu Poli!«

IV

Die Vorstellung, noch eine Nacht zu bummeln, entsetzte mich. Mein Vater und meine Mutter würden nichts sagen: zwei, drei Worte über die Zeit, ein Aufblicken vom Teller, vorsichtige Fragen, wann ich zum Examen aufgerufen würde. Ich weiß nicht, wie Pieretto mit den Seinen fertig wurde; mir taten diese hilflosen Gesichter leid, und ich fragte mich, was für ein Typ mein Vater mit zwanzig Jahren, was für ein Mädchen meine Mutter wohl gewesen war, und ob eines Tages auch ich so merkwürdige Kinder haben würde. Wahrscheinlich dachten die Meinen an den Spieltisch, an Frauen, an Polizeiverhör. Was wußten sie von unseren nächtlichen Narreteien? Oder vielleicht hatten sie recht: immer gibt es einen ersten Müßiggang, ein erstes Laster, und daraus entsteht alles andere.

Als wir mit der Signora Rosalba vor dem Hotel standen – sie ging immerzu auf und ab – und Poli mit dem Wagen manövrierte, um uns einsteigen zu lassen, flüsterte ich Pieretto zu: »Keine Dummheiten heute nacht. Es ist schon halb eins.«

Offensichtlich wollte Poli uns bei sich haben, damit sich die Frau nicht über alles mögliche verbreiten könnte. Aber auch hierüber scherzte er. Er hatte sie uns vorgestellt als ›das Beste, was es in Turin gäbe‹, damit sie es ganz genau höre. In Polis Welt ist man recht flegelhaft: man bedient sich der Leute mit unbeschwerter Frechheit. Ich begriff Pieretto nicht, der sich zu diesem Spiel hergab.

Die Signora Rosalba stieg vorn neben Poli ein. Die Ärmste war recht mager – gerötete Augen, affektiert-hochmütig, im Haar eine Blume. Nicht einen Augenblick saß sie ruhig. Schon vorher, als sie wartete, warf sie uns bekümmerte Blicke zu, versuchte ein Lächeln, besah sich im Spiegel. Sie trug ein rosa Abendkleid und sah aus wie Polis Mama.

Er scherzte und erzählte uns tausenderlei, betrachtete die Frau mit lebhaften Augen, lachte und lenkte den Wagen. Im Nu waren wir aus Turin heraus. Pieretto beugte sich vor und sagte etwas zu ihm.

Poli bremste hart. Wir waren auf dem dunklen Land vor den Bergen. Rosalba lachte erregt.

»Wohin fahren wir?«
Ich sagte ganz offen, ich hätte nicht die Absicht, die ganze Nacht draußen zu bleiben.
Poli drehte sich um und sagte zu mir: »Ich wünsche, daß Sie uns Gesellschaft leisten. Vertrauen Sie uns. Es soll nicht spät werden.«
Die Frau sagte verzweifelt: »Machen wir Schluß, Poli. Wozu willst du die ganze Nacht weiterrasen? Du bist immer so waghalsig.«
Poli ließ den Motor wieder anspringen. Bevor er losfuhr, flüsterte er mit der Frau. Ich sah die beiden einander zugeneigten Köpfe und erkannte das Unruhig-Vertrauliche in ihren Stimmen; schließlich nickte Rosalba energisch mit dem Kopf. Poli drehte sich um und lächelte uns zu.
Er machte auf der Straße kehrt und fuhr wieder auf Turin zu. Durch die verlassenen Alleen am Stadtrand näherten wir uns dem nachtschwarzen Höhenzug. Dann fuhren wir am Fuß der Hänge den Po entlang. Sassi flog vorüber. Offenbar waren Poli und Rosalba schon hier draußen gewesen. Sie preßte sich an seine Schulter. Was fand Pieretto an den beiden? Ich fragte mich, ob sie wohl etwas von Polis Drogen wisse, stellte sie mir gemeinsam betrunken vor, hätte sie gern verachtet. Aber es gelang mir nicht. Das Neue dieser Fahrt, die harten Sprünge des Wagens in der Nacht, die schwarzen Wasser und die schwarze, drohende Höhe ließen mich an nichts anderes denken. »Hier, hier!« rief Rosalba, und schon bremste Poli vor einer erleuchteten Villa. Er bog auf den Kiesweg ein und hielt auf einem Parkplatz. Vorn, gegen den leeren Raum des Flusses, lag im Halbschatten ein Platz mit kleinen Tischen und diskret abgeschirmten Lämpchen. Ich sah die weißen Jacken der Kellner.
Als die Unruhe und Verlegenheit des Sichsetzens und Be-

stellens vorüber war – Rosalba änderte mehrmals ihren Entschluß, wollte nicht hören, schmollte und redete laut; Pieretto stützte die Ellbogen auf den Tisch, so daß man seine zerfransten Manschetten sah –, beschloß ich, sie allein reden zu lassen, und sagte mir, schließlich ist es ein Café wie andere auch. Ich lehnte mich im Stuhl zurück und horchte seitwärts in den Schatten, ob die Stimme des Wassers zu hören wäre.

Doch es war kein Café wie andere auch. Eine Kapelle begann mit Getöse, wurde plötzlich leiser, und mitten im Kreis der Lichtschirmchen erschien eine Frau und sang. Diese Frau trug ein Abendkleid und hatte eine Blume im Haar. Nach und nach lösten sich Paare von ihren Tischen und tanzten eng aneinandergeschmiegt im Halbschatten. Die Stimme der Frau trug die Pärchen, sprach für sie, wand sich und zuckte mit ihnen. Es schien ein Fest, ein Ritus zwischen Fluß und Hügel, wo alle dem Schrei dieser Frau mit zuckenden Bewegungen Antwort gaben. Denn die Frau, eine Rosalba in Olivgrün, schrie beim Singen, wiegte sich, die Hände auf den Brüsten, schrie und rief irgend etwas an. Jetzt drückte unsere Rosalba selig Polis Hand; aber er sprach wie beiläufig mit Pieretto.

»Es müßte jeder für sich singen«, sagte Pieretto, »es gibt Dinge, die wir, wir allein tun sollten.«

Und Poli lachend: »Wer tanzt, ist schon beschäftigt. Den muß man verschonen.«

»Wer tanzt, ist ein Idiot«, erwiderte Pieretto. »Sucht im Drehen, was er schon in den Armen hat.«

Mit der verzückten Freude eines kleinen Mädchens klatschte Rosalba in die Hände. Sie machte Eindruck mit ihren brennenden Augen. Da kamen die Schnäpse und der Kaffee, und sie mußte sich von Poli lösen.

Die Kapelle fiel wieder ein, doch diesmal ohne Gesang. Die anderen Stimmen verstummten, und übrig blieb nur das Klavier, das ein paar Minuten lang akrobatische Bravourstückchen vortrug. Man mußte hinhören, auch wenn man es nicht wollte. Dann wurde das Klavier vom Orchester übertönt, gleichsam überflutet. Während dieser Nummer wechselten Lampen und Scheinwerfer, welche die Pflanzen anleuchteten, magisch ihre Farbe, und wir wurden grün, wir wurden rot, wir wurden gelb.
»Ein verschwiegenes Plätzchen«, sagte Poli und blickte um sich.
»Langweilige Leute«, sagte Pieretto. »Wir brauchten das Gebrüll von Oreste.«
Poli hob erstaunt den Kopf; dann erinnerte er sich. »Ist unser Freund schlafen gegangen?« fragte er sofort. »Ich wünschte, er wäre hier.«
»Er schläft sich aus nach der verbummelten Nacht von gestern«, sagte Pieretto. »Schade! Gewisse Dinge verträgt er nicht.«
Rosalba erschien mir in der Gebärde, die sie jetzt machte, wie nackt. Sie fuhr auf und sagte trocken zu Poli:
»Ich will tanzen.«
»Liebe Rosi«, sagte er, »ich kann meine Freunde nicht einfach sitzen und sich langweilen lassen, das wäre unhöflich. Wir sind in Turin, in einer anständigen Stadt.«
Rosalba wurde feuerrot. In diesem Augenblick wurde mir klar, daß sie töricht und plump war, wer weiß, vielleicht hatte sie sogar Kinder in Mailand. Ich dachte an die Geschichte mit den Blumen, die sie Poli schickte, und wandte den Blick ab. Ich hörte, wie Pieretto zu ihr sagte: »Ich wäre glücklich, Sie zum Tanz aufzufordern, Rosalba, aber ich weiß, daß ich das nicht erhoffen darf. Ich bin leider nicht Poli.«

Sie warf ihm einen mehr verblüfften als erbosten Blick zu.
Inzwischen spielte das Orchester, und auch ich murmelte etwas. Ich konnte nicht tanzen. Poli wartete gelassen, bis ich fertig war, und fuhr dann fort: »Ich möchte auch etwas sagen. Dies sind für mich sehr bedeutsame Tage. Gestern habe ich vieles begriffen. Jener Schrei in der Nacht hat mich aufgeweckt. Es war so was wie der Schrei, der einen Nachtwandler weckt. Es war ein Zeichen, war die heftige Krise, die eine Krankheit vertreibt...«
»Warst du denn krank?« fragte Rosalba.
»Schlimmer noch«, sagte Poli. »Ich war ein alter Mann, der sich für einen jungen hält. Nun weiß ich, daß ich ein Mann bin, ein verdorbener Mann, ein schwacher Mann, aber ein Mann. Jener Schrei hat mich mir selbst gezeigt. Ich mache mir keine Illusionen.«
»Macht eines Schreies«, sagte Pieretto. Unwillkürlich forschte ich in Polis Augen, ob sie nicht wieder erloschen wären.
»Mein Leben«, fuhr er fort, »sehe ich wie das Leben eines andern. Ich weiß, wer ich jetzt bin, von wo ich komme, was ich tue...«
»Aber diesen Schrei«, unterbrach ich ihn, »hatten Sie den schon mal gehört?«
»Du bist hartnäckig«, sagte Pieretto.
»Es war der Lockruf, wie man ihn auf der Jagd braucht«, sagte Poli lächelnd.
»Auf der Jagd seid ihr gewesen!« platzte Rosalba heraus. »Wir waren auf dem Hügel.«
Es folgte eine verlegene Stille, während der wir alle, außer Poli, unsere Fingernägel betrachteten. Wieder sang jene Frau inmitten der Tische. Ich hörte, wie Rosalba unmutig mit dem Absatz den Takt klopfte. Der Rhythmus

in dieser Stimme und das eintönige Gesumm der Paare erinnerten mich an den Chor der Grillen am schwarzen Hügel.

»Nun«, schloß Rosalba, »bist du endlich fertig mit deinen Geschichten? Willst du jetzt tanzen?«

Poli zuckte mit keiner Wimper und rührte sich nicht. Er dachte nur an seinen Schrei.

»Es ist schön, aufzuwachen und sich keine Illusionen zu machen«, fuhr er lächelnd fort, »man fühlt sich frei und verantwortlich. Eine furchtbare Kraft ist in uns, die Freiheit. Man kann die Unschuld berühren. Man ist zum Leiden bereit.«

Rosalba drückte ihre Zigarette in der Untertasse aus. Solange die Ärmste in ihrer kläglichen Magerkeit schwieg, war sie erträglich. Zumindest für uns, die wir in jenen Jahren noch nicht recht wußten, was Übersättigung war. Polis überlegene Stimme bezwang die Frau, hielt sie im Zaum. Rosalba wand sich, als wäre sie nackt.

Schließlich sagte sie ihm ins Gesicht: »Sag uns klar, was du denkst. Willst du aus Turin ausreißen?«

Stirnrunzelnd berührte Poli ihre Schulter und faßte sie unter die Achsel, wie man es bei jemandem tut, der fällt. Pieretto beugte sich mit einem aufmunternden Kopfnikken vor, fast als wollte er sich die Szene nicht entgehen lassen. Rosalba keuchte mit halbgeschlossenen Augen.

»Soll ich ihr nachgeben?« fragte Poli uns unentschlossen. »Soll ich mit ihr tanzen?«

Als wir zu zweit am Tisch zurückblieben, fing Pieretto meinen Blick auf und grinste. Die Stimme der Frau in Olivgrün füllte die Nacht. Ich schnitt eine Grimasse und sagte: »Scheiße!«

Pieretto, glücklich, schenkte sich einen Schnaps ein. Er schenkte auch mir ein, dann wieder sich.

»Andere Länder, andere Sitten«, erklärte er. »Gefallen sie dir nicht?«
»Ich sagte Scheiße.«
»Aber der Junge ist nicht gerade schlau«, sagte Pieretto.
»Mit dieser Frau kann man mehr anfangen.«
»Sie ist einfach dumm«, sagte ich.
»Eine verliebte Frau ist immer dumm«, sagte Pieretto.
Ich schnappte ein paar Worte von dem Lied auf, zu dem die Paare tanzten: Leben, leben – nehmen, nehmen – ohne Leidenschaft. So mißvergnügt und gelangweilt wir auch waren, dem Rhythmus dieses Liedes zu widerstehen, war schwierig. Ich überlegte mir, ob man die Stimme von der Höhe aus hören könnte.
»Diese modernen Nächte«, sagte Pieretto, »sie sind so alt wie die Welt.«

V

Auch Pieretto tanzte in jener Nacht, denn Rosalba hatte es sich in den Kopf gesetzt und suchte Poli zu demütigen. Ich weiß nicht, wieviel Schnaps wir alle getrunken hatten – die Nacht schien kein Ende zu nehmen, aber das Orchester war schon vor einer Weile verstummt, und Rosalba rief einen Kellner und wollte, Poli solle zahlen und uns allesamt zum Frühstück nach dem Valentino-Park fahren. Vom Po herauf kamen kalte, nächtliche Windstöße, und im Lichtkreis des Lampenschirmes, des letzten erleuchteten auf dem Platz, sah ich, wie sich das Rosakleid hin und her bewegte. Da Poli hartnäckig wieder ein Gespräch mit Pieretto und dem Kellner anfing, entwischte Rosalba zum Auto und begann zu hupen. Daraufhin kamen der Wirt, die Kellner und die Gäste, die das letzte Glas an der Bar

tranken, heraus; Rosalba sprang aus dem Auto und rief: »Poli, Poli!«
Während der Rückfahrt legte Poli, der am Steuer saß, den Arm um Rosalba, und Rosalba reckte sich selig; sie war mit ihm zufrieden. Ab und zu drehte sie sich um und lächelte, als wollte sie uns ermutigen, gerade als wären wir ihre Komplizen. Pieretto schwieg die ganze Zeit. Der Wagen bog nicht ab nach Turin, er fuhr an den Brücken vorbei und schoß auf der Straße nach Moncalieri dahin. Auch dort hielten wir nicht: es war offensichtlich, daß wir einfach weiterfuhren, bis es Tag wurde. Ich schloß die Augen, betrunken.
Eine Erschütterung weckte mich, ein Stoß, als würde ich in den Sog eines Wirbels hineingezogen. Dieser Alptraum dauerte schon eine Weile; oben öffnete sich ein leuchtender, tiefer Himmel, in den ich kopfüber zu fallen glaubte. Ich erwachte in einem kalten, rosigen Licht, der Wagen holperte über das Steinpflaster eines Dorfes; der Morgen brach an. Als ich im Luftzug der Fahrt die Augen aufschlug, sah ich, daß alle schliefen und daß im Dorf alles geschlossen und verlassen war. Nur Poli lenkte ruhig den Wagen.
Er stoppte, als über dem Gipfel eines Hügels die Sonne hochkam. Pieretto erwachte heiter; Rosalba blinzelte. Mein Gott, in dem dekolletierten rosa Kleid sah sie recht alt aus. Alle ärgerten sie mich und taten mir zugleich leid. Poli wandte sich munter nach uns um und wünschte uns einen guten Morgen.
Da sagte ich: »Wie peinlich! Wo sind wir? Aber ich bin selbst schuld.«
»Ruf an«, sagte Pieretto. »Sag, es wäre dir übel geworden.«
Die beiden anderen hatten angefangen zu albern und sich

in die Ohren zu beißen. Rosalba nahm ihre Blume aus dem Haar und rettete sie vor Poli, um sie mir zu geben. »Hier«, sagte sie heiser, »verderben Sie uns nicht den Spaß.«
Während der weiteren Fahrt roch ich an dieser Blume. Es tat mir weh. Denn es war die erste Blume, die eine Frau mir schenkte, und die sollte mir ausgerechnet von einem Typ wie Rosalba kommen. Ich war seit den Szenen der Nacht schlecht auf Poli zu sprechen.
Wieder tauchte der Kirchturm eines Dorfes vor uns auf. Durch eine Gasse mit Bogengängen, unter dickbäuchigen Balkonen gelangten wir auf die Piazza; im Schatten der Frühe spritzte ein Mädchen Wasser aus einer Flasche auf die Pflastersteine.
Auch im Café war der Holzfußboden bereits besprengt, und es roch nach Keller und Regen. Wir setzten uns an ein Fenster auf der Schattenseite, und ich fragte sofort nach dem Telefon. Es gab keines.
»Du bist schuld daran«, sagte Poli zu Rosalba. »Hättest du mich mit dem Tanzen verschont...«
»Hättest du nicht getrunken«, platzte sie los. »Du wußtest ja gar nichts mehr von dir. Die ganze Haut hat Kognak ausgeschwitzt.«
»Hör auf!« sagte Poli.
»Frag deine Freunde, was für Reden du gehalten hast«, rief sie angewidert. »Frag sie doch! Sie haben es gehört.«
Pieretto sagte: »Wichtige Reden. Über die Unschuld und die Willensfreiheit.«
Die Frau, die uns bediente und Rosalba scharf musterte, sagte uns, auf dem Postamt gebe es ein Telefon. Da stand ich auf und bat Pieretto um die Brieftasche. Auch Rosalba stand auf und sagte zu mir: »Ich komme mit Ihnen. Da werde ich wach. Hier riecht es nach Irrenhaus.«

So traten wir beide auf die Piazza hinaus, sie in Rosa, groß und mager, ein grausiger Anblick. Aus den Fenstern beugten sich Köpfe, die Straße aber war noch leer.
»Um die Zeit sind alle auf den Feldern«, sagte ich, nur um etwas zu sagen. Rosalba bat mich um eine Zigarette. »Ganz gewöhnliche Mazedonias«, sagte ich. Sie blieb stehen, ließ sich Feuer geben, und während sie vor mir stand, sagte sie gedämpft und mühsam lachend: »Sie sind jünger als Poli.«
Ich warf heftig das Streichholz weg, an dem ich mir schon die Finger verbrannte. Rosalba geriet in Feuer: »Aufrichtiger als Poli!« Ich wich zurück, hielt jedoch immer den Blick auf sie gerichtet. »Wir sind soweit«, sagte sie, »aber es geht um meine Haut, achten Sie nicht darauf... Sagen Sie mir nur eines.« Sie fragte mich heiser, was wir in jenen Tagen gemeinsam mit Poli unternommen hätten. Als ich mit der Begegnung anfing, schlug sie die Augen nieder.
»War Poli allein?« wollte sie wissen. »Aber weshalb dann ausgerechnet um Mitternacht auf dem Hügel?«
»Er war allein; es war ja drei Uhr.«
»Und wie ist dann das Zusammensein mit ihm verlaufen?«
Oreste und Pieretto kennten Poli besser als ich, erwiderte ich. Ich wäre schlafen gegangen, Pieretto aber hätte den ganzen Morgen mit ihm verbracht. Poli hätte ein bißchen betrunken gewirkt. Wie übrigens immer. Sie solle Pieretto fragen, die beiden hätten viel miteinander geredet.
In dem Augenblick bemerkte ich, daß Rosalba keine Zeit verloren und Pieretto schon beim Tanzen ausgefragt hatte. Sie heftete ihre Augen auf mich. Das war mir lästig. Ich wich aus, und wir setzten den Weg über das Dorfpflaster fort.
Während ich auf dem Postamt wartete, bis die Leitung frei

war, sagte ich zu Rosalba, die unter der Tür stand und rauchte: »Oreste kennt Poli von Kind an... Gestern nacht war er mit ihm zusammen.«
Sie erwiderte nichts und blickte auf die Straße. Ich trat ebenfalls unter die Tür und besah mir den Himmel.
Als ich angerufen und in der kleinen Kabine mit meiner Mutter gestritten hatte, kehrte ich unter die Tür zurück. Rosalba hatte sich nicht vom Fleck gerührt. Ich sagte heiser: »Gehn wir!«
»Ihr Freund«, fing sie beim ersten Schritt wieder an, »ist ein schlauer Junge. Hat er Ihnen nicht gesagt, daß Poli ihm etwas gesagt hat?«
»Sie sind an die Seen gefahren.«
»Ich weiß.«
»Er war betrunken und fühlte sich schlecht.«
»Nein, vorher«, sagte Rosalba ungeduldig, und ihre Stimme zitterte.
»Das weiß ich nicht. Wir haben ihn auf dem Hügel getroffen, als er die Sterne betrachtete.«
Da hängte sich Rosalba blitzschnell an meinen Arm. Zwei Bäuerinnen, die vorbeikamen, drehten sich nach uns um.
»Sie verstehen mich, nicht wahr?« sagte Rosalba keuchend. »Sie haben gesehen, wie Poli mich behandelt. Gestern habe ich gedacht, ich sterbe, seit drei Tagen bin ich allein im Hotel. Ich kann nicht einmal spazierengehen, weil mich jeder kennt. Ich bin ihm hier ausgeliefert; in Mailand glauben sie, ich sei am Meer. Aber Poli vernachlässigt mich, Poli hat mich satt, er will nicht einmal mehr mit mir tanzen...«
Ich betrachtete das Pflaster und stellte mir die Köpfe auf den Balkonen vor.
»...Heute nacht haben Sie ihn zufrieden gesehen. Wenn er betrunken ist, erträgt er mich noch. Aber er betrinkt

sich und macht noch Schlimmeres, um mir zu entfliehen.« Hier wurde die Stimme erregter: »Nun leben wir in den Tag hinein.«
Sie ließ meinen Arm auch beim Hineingehen nicht los, als ich den Türvorhang aus klirrenden Perlenschnüren beiseite schob. Im Dunkel schwatzten Poli und Pieretto miteinander, und dieser rief: »Was kann man hier essen?«
Es gab Spiegeleier und Kirschen. Ich vermied es, Rosalba anzusehen. Poli brach das Brot und redete dabei weiter. »Man beschließt um so mehr, je tiefer man gefallen ist. Man rührt an den Grund. Wenn alles verloren ist, findet man zu sich selbst zurück.« Pieretto lachte: »Ein Betrunkener ist ein Betrunkener«, sagte er. »Er wählt nicht mehr, weder die Droge noch den Wein. Er hat einmal gewählt, vor Millionen von Jahren, als er das erste Prosit rief.«
»Es gibt eine Unschuld«, sagte Poli, »eine Klarheit, die aus der Tiefe kommt...«
Rosalba schwieg; ich wagte nicht sie anzusehen.
»Ich sage dir«, unterbrach ihn Pieretto, »wenn du nicht mehr an die Zeit dachtest heute nacht, so nur, weil du keine Wahl mehr hattest.«
»Aber diese Unschuld suche ich«, sagte Poli, starrköpfig stammelnd. »Ich kenne sie um so besser, je mehr ich mich davon überzeuge, daß ich schlecht und daß ich Mensch bin. Bist du davon überzeugt oder nicht, daß der Zustand des Menschen Schwäche ist? Wie kannst du dich erheben, wenn du vorher nicht heftig zu Fall kommst?«
Rosalba aß ohne Appetit von den Kirschen und schwieg. Pieretto schüttelte mehrmals den Kopf und sagte: »Nein!« Ich dachte an das Gespräch von vorhin, und nicht so sehr an die Worte als an die Stimme und den

Druck des Armes. Die Augen brannten mir vor Müdigkeit. Als wir uns erhoben, um aufzubrechen, warf ich einen Blick auf sie. Sie schien ruhig und schläfrig.

VI

Wir verließen sie in der trüben Stimmung des verbummelten Morgens, an der Tür des Hotels. Der Widerschein der Sonne in den Schaufenstern blendete mir die Augen. Ich durchquerte mit Pieretto die Parks, und wir redeten nicht. Ich dachte an Oreste.

»Bis bald«, sagte ich an der Ecke.

Ich ging nach Hause und warf mich aufs Bett. Draußen im Flur hörte ich meine Mutter umhergehen und schob den Augenblick des Zusammentreffens hinaus. Ich wollte mich nur erholen, nicht schlafen. Bei meiner Müdigkeit fiel es mir leicht, nicht an die Nacht, ihre Unruhe und das Schluchzen Rosalbas zu denken, und ich versank in jenen Himmel, von dem ich im Frühlicht, nur halb schlafend, geträumt hatte; ich schlenderte durch die Dorfgassen und schaute an den Häusern hinauf. Ich kannte diese Ortschaften, die geduckt in der Landschaft hockten. Ich kannte den sommerlichen Gemüsegarten am Haus der Alten, zu denen mich die Eltern, als ich noch ein Junge war, in die Ferien schickten: ein Dorf in der Ebene, zwischen Bewässerungsgräben und Baumhecken, mit Gassen unter niedrigen Bogen und ganz hohen Himmelsausschnitten. Von meiner Kindheit war nur der Sommer übriggeblieben. Die engen Straßen, die überall auf die Felder mündeten, waren tagsüber und abends die Tore zum Leben und zur Welt. Was für ein Wunder, wenn von irgendwoher ein hupendes Automobil das Dorf auf der Hauptstraße

durchquerte und, Staub und Kinder durcheinanderwirbelnd, irgendwohin wieder verschwand, zu anderen Städten, zum Meer.
Im Dunkel kam mir wieder der Plan in den Sinn, mit Pieretto, den Rucksack auf dem Rücken, über die Höhen zu wandern. Ich beneidete die Autofahrer nicht. Ich wußte, daß man im Auto ein Land durchquert, aber nicht kennenlernt. ›Zu Fuß‹, würde ich zu Pieretto sagen, ›gehst du noch richtig aufs Land hinaus, wählst die Pfade, wanderst die Weinberge entlang, siehst alles. Es ist zweierlei, ob du Wasser anschaust oder hineinspringst. Besser ein Bettler sein, ein Vagabund.‹
Pieretto lachte im Dunkel und sagte, überall auf der Welt wäre das Benzin.
›Ach was‹, brummte ich, ›die Bauern wissen nicht, was Benzin ist. Sense und Hacke sind das Wesentliche für sie. Wenn sie ein Faß waschen oder einen Baum fällen wollen, achten sie noch auf den Mond. Ich kenne sie doch. Wenn Hagel droht, legen sie zwei Ketten über die Tenne...‹
›Und bezahlen die Versicherung‹, sagte Pieretto. ›Und dreschen mit der Maschine. Und geben den Rebstöcken Sulfat.‹
›Solcher Dinge bedienen sie sich‹, rief ich halblaut. ›Die Bauern bedienen sich ihrer, leben aber ganz anders. In der Stadt fühlen sie sich nicht wohl.‹
Pieretto lachte boshaft. ›Schenk einem Bauern ein Auto‹, grinste er. ›Du wirst sehen, wie er losfährt. Sicher lädt er weder Rosalba noch Leute wie uns auf. Ein Bauer, der macht Geschäfte.‹
Ich dachte an Oreste, der Arzt werden wollte. ›Da hast du einen Bauern, der in der Stadt lebt!‹ sagte ich zu Pieretto. ›In seinem Kopf ist mehr Wissen als in unserem,

aber er hält durch. Für ihn hat die Nacht einen anderen Sinn, das sagst du ja auch...‹

Das Läuten des Telefons unterbrach meinen Halbschlaf. Ich wurde gerufen. Ich dachte, es wäre Rosalba und die Geschichte nähme noch kein Ende. Statt dessen war es Pierettos Schwester, sie wollte wissen, ob ich ihn gesehen hätte – seit zwei Tagen war er von Hause weg.

»Ich war vor einer halben Stunde mit ihm zusammen«, sagte ich, »er ist auf dem Heimweg.« Um kein Unheil anzurichten, sprach ich nicht von der Nacht.

Sie sagte: »Ihr Schufte! Wo habt ihr geschlafen?«

»Wir haben nicht geschlafen.«

»Wer schläft, sündigt nicht«, sagte sie lachend.

»Wem ist denn noch ums Schlafen zu tun?«

Bei Tisch erzählte ich, wir hätten eine Reifenpanne gehabt. Mein Vater sagte, ein Reifen könne ein Unglück verursachen, vor allem, wenn der, der am Steuer sitzt, getrunken habe. Dann sagte er, man solle Freunde nicht ausnutzen: bei den Reichen könne man sich nie revanchieren.

Ich beschloß, nachmittags zu arbeiten. Zuerst nahm ich jedoch ein Bad, um mich zu erfrischen. Ich dachte daran, daß auch Rosalba und Poli eins nähmen, und überlegte mir, ob Rosalba nicht schon zu alt wäre, sich zu entkleiden. Gegen Abend läutete das Telefon. Es war Pieretto.

»Komm zu Oreste«, sagte er sogleich.

»Jetzt, wo ich arbeite...«

»Komm, es ist der Mühe wert«, sagte er, »die beiden haben aufeinander geschossen.«

Schwitzend diskutierten wir in der Trattoria mit Oreste, der aus dem Krankenhaus kam und zweimal mit befreundeten Pflegern telefonierte, um Nachricht zu bekommen. Poli lag im Sterben: eine Kugel hatte ihn seitlich getroffen und die Lunge gestreift, und Rosalba schrie den Kellnern, die herbeieilten, zu: »Bringt mich um, warum bringt ihr mich nicht um?« Sie schrie derart, daß man sie ins Bad sperren mußte.

»Wann ist es passiert?« fragte ich.

»Es war die Frau«, sagte Oreste, »sie hat vor Wut auf ihn geschossen. Sie machte schon vorher ein Geschrei. Man hörte es bis zur Bar. Wer weiß, was für eine Schweinerei dahintersteckt.«

Es war mitten in der Nachmittagshitze geschehen. Poli mußte, bevor es losging, ein Rauschmittel geschluckt haben, denn er lächelte auf dem Bett ganz selig.

Wir sprachen den ganzen Abend davon. Man wartete jetzt, im Krankenhaus wie im Hotel, auf Anweisungen aus Mailand. Rosalba hatte man in ein Zimmer gesperrt, ihr Schicksal hing von Polis Leben sowie von der Ankunft seines Vaters ab. Das war ein Mann, der, wenn ihm der Skandal lästig war, die Untersuchung mit ein paar Worten abbrechen und alles zum Schweigen bringen konnte. Da war zwar Rosalbas Revolver, ein Damenspielzeug aus Perlmutt, doch es stand schon jemand bereit, der ihn durch eine passende Waffe ersetzen wollte.

»Macht des Geldes«, sagte Pieretto gleichmütig. »Du kannst auch ein Verbrechen oder eine Agonie bezahlen.«

Oreste telefonierte noch einmal. »Der Alte kommt«, sagte er, zu uns gewandt. »Ein Glück! Wer weiß, ob er die Frau kennt.«

Da sagten wir ihm, der Schuldige sei Poli, wir hätten die Nacht mit den beiden verbracht, und Poli habe sie schon da wie ein Flegel behandelt. »Er hat es selbst gewollt«, sagte Pieretto. »Eine wie Rosalba ist dafür geschaffen.«

»Ich gehe gleich wieder ins Krankenhaus«, sagte Oreste. »Sie machen ihm eine Bluttransfusion.«

In jener Nacht lief ich mit Pieretto umher. Ich war erschöpft vor Aufregung und Müdigkeit, und er grübelte immerzu nach und sagte seine Meinung. Ich bekannte ihm, daß Rosalbe mich am Morgen über Poli ausgefragt hatte. »Es mußte ja so kommen«, sagte Pieretto. »Alles kann eine Frau hinnehmen, nur nicht, daß der Mann eine Gewissenskrise durchmacht. Weißt du, was sie mir heute nacht gesagt hat? Daß Poli, so jung er ist, keiner Frau mehr nachschaue.«

»Mich fragte sie, was wir auf dem Hügel gemacht hätten.«

»Es wäre ihr lieber gewesen, er hätte Schweinereien gemacht. Für so etwas hat eine Frau Verständnis.«

Da sagte ich, meiner Ansicht nach mache er auch Schweinereien. Kokain und Willensfreiheit: zwischen beiden Dingen war doch nichts als Viecherei. Er nahm einen hoch, das war es. Und dieser Schlag geschah ihm ganz recht.

Pieretto lächelte und antwortete, ob Poli nun sterbe oder am Leben bleibe, für uns sei es immerhin ein schöner Fall gewesen. »Du wirst es nicht glauben«, sagte er. »Was suchen wir denn Abend für Abend auf den Straßen? Etwas, was den Tag sprengt und Abwechslung schafft...«

»Ich möchte dich sehen, wenn dir so etwas passierte.«

»Wenn du dir aber Tag und Nacht überlegst, wie du aus dem Käfig herauskommst. Warum, glaubst du, gehen wir ans andere Ufer vom Po? Nur daß du dich täuschst: die unvorhergesehensten Dinge ereignen sich in einem Zimmer in Turin, in einem Café, in einer Straßenbahn...«

»Ich suche keine unvorhergesehenen Dinge.«

»Na«, sagte er, »diese Welt gehört den Polis. Glaube mir.«

Am nächsten Tag schwebte Poli noch zwischen Leben und

Tod. Er bekam weitere Bluttransfusionen und geriet in seinem Bettchen in Schweiß. Nach Orestes Aussagen schien er nun, seit sein Vater bei ihm wachte und er selber die Droge verdaut hatte, ein verängstigtes Kind, das dem Weinen nahe war. Der Alte war nachts gleich zu Rosalba gegangen; was sie miteinander geredet hatten, erfuhr niemand; Rosalba aber wurde bei Nonnen untergebracht, und von Mord war nicht mehr die Rede. »Unglücksfall«, sagte der Oberarzt, als er mit seinem Assistenten davon sprach. Das waren Nachrichten nach Pierettos Geschmack, und Oreste wußte es.

Armer Oreste, er war drauf und dran, durchs Examen zu fallen. Wie ein Krankenpfleger übernahm er den Dienst an Polis Bett. Er sprach mit dem alten Commendatore und machte sich ihm bekannt. Dieser, sagte Oreste, spreche über das Land, über die Coste und über die Ernten wie einer, der sich darauf versteht. Er fuhr in Polis grünem Wagen, den er selbst lenkte, vor dem Krankenhaus vor. Und am Morgen schickte er Oreste ins Bett.

Endlich kam die Nachricht, daß Poli durchkam. Auch Pieretto ging ihn besuchen. Er sagte: »Er ist ganz der alte und liest Nino Salvaneschi.«

Ich ging, wie ich es mir fest vorgenommen hatte, nicht hin. Wir sprachen noch einige Tage von ihm, dann hörten wir von Oreste, man habe ihn per Schlafwagen ans Meer gebracht.

VII

In jenem Sommer ging ich jeden Morgen für ein oder zwei Stunden an den Po. Es machte mir Spaß, am Ruder zu schwitzen und dann ins kalte, noch dunkle Wasser zu springen, das in die Augen drang und sie klarspülte. Ich ging fast immer allein, weil Pieretto um diese Zeit noch schlief. Wenn er jedoch mitkam, steuerte er mir das Boot, solange ich schwamm. Paddelnd gelangte man wieder stromaufwärts, unter den Brücken durch, die gemauerten Ufer entlang, und kam zwischen den Dämmen und Bäumen unterhalb des Hügelhanges heraus. Schön war der aufragende Hügel bei der Rückfahrt, wenn wir die erste Pfeife rauchten. Obwohl es schon Juni war, verhüllte ihn zu dieser Stunde noch die Feuchtigkeit, ein kühler Duft nach Wurzeln. Auf den Brettern jenes Bootes bekam ich Geschmack an der freien Luft. Ich begriff, daß die Freude an Wasser und Erde mit der Kindheit, mit einem Obst- und Gemüsegarten bei weitem nicht zu Ende ist. Das ganze Leben, so dachte ich in solchen Morgenstunden, ist wie ein Spiel unter der Sonne.

Aber die Baggerleute, die keuchend und bis zu den Hüften im Wasser stehend Sand aus dem Fluß schaufelten und mit einem Schwung ins Schiff warfen, spielten nicht. Nach ein, zwei Stunden glitt dieses Schiff, voll beladen bis auf Wasserspiegelhöhe, flußabwärts, während der magere schwarzgebrannte Mann, der eine Weste über dem nackten Oberkörper trug, langsam mit der Stange stakte. Er löschte seinen Sand in der Stadt jenseits der Brücken, dann kam er, kamen sie gruppenweise langsam wieder heraus unter der immer höher steigenden Sonne. Um die Zeit, da ich den Fluß verließ, hatten sie schon zwei oder drei Fahrten gemacht. Den ganzen Tag, während ich in der Stadt umherstreifte, während ich studierte, mich unterhielt, mich ausruhte, fuhren jene Männer hinauf und hinab, löschten die Ladung, sprangen ins Wasser, brieten in der Sonne. Ich dachte vor allem gegen Abend an sie, wenn unser nächtliches Leben begann und jene nach Hause gingen, in die Baracken am Fluß, auf ihre vierte Etage im Mietshaus, und sich zum Schlafen ins Bett warfen. Oder sie gossen in der Osteria noch ein Glas hinunter. Gewiß, auch sie sahen die Sonne und die Hügel.

Wenn ich so auf dem Wasser schwitzte, blieb mir dann den ganzen Tag das Blut frisch und gestärkt durch den Widerstand der Strömung. Es war, als hätten mich die Sonne und die lebendige Wucht des Flusses mit einer ihnen eigenen Wirkenskraft erfüllt, mit einer blinden, freudigen und zähen Kraft wie der eines Baumstammes oder Waldtieres. Auch Pieretto genoß, wenn er mitkam, den Morgen. Auf den Wogen der Strömung nach Turin hinabgleitend, die Augen klar gewaschen von der Sonne und vom Tauchen, streckten wir uns lang und ließen uns trocknen; und die Ufer, der Höhenzug, die Villen, dichte ferne Baumgruppen zeichneten sich in der Luft ab.

»Wer jeden Tag so lebte«, sagte Pieretto, »der würde zum Tier.« »Man braucht sich nur die Baggerleute anzusehen...«

»Die nicht«, sagte er. »Die arbeiten nur. Ich meine, ein Tier an Gesundheit und Kraft... und an Egoismus«, fügte er sogleich hinzu, »an jenem sanften Egoismus der Leute, die fett werden.« »Daran ist keiner schuld«, brummte ich.

»Wer macht denn dir einen Vorwurf? Keiner ist schuld daran, daß er geboren ist. Schuld sind die andern, immer die andern. Wir steigen ins Boot und rauchen Pfeife.«

»Wir sind nicht genug Tier.«

Pieretto lachte. »Wer weiß schon, was ein richtiges Tier ist«, sagte er, »ein Fisch, eine Amsel, eine Eidechse oder gar ein Eichhörnchen... Es gibt Leute, die sagen, in jedem Tier wäre eine Seele... Eine büßende Seele...«

»Es gibt nichts, was mehr nach Tod riecht«, fuhr er fort,

»als die Sonne im Sommer, die große Helligkeit, die schäumende Natur. Du atmest die Luft ein und riechst den Wald und merkst, daß Pflanzen und Tiere auf dich pfeifen. Alles lebt und zersetzt sich selbst. Die Natur ist der Tod ...«
»Was hat das Fegefeuer damit zu tun?« fragte ich.
»Die Natur läßt sich auf keine andere Art erklären«, sagte er. »Entweder ist sie das Nichts, oder sie ist beseelt.«
Es war sein altes Thema. Gerade das irritierte mich an Pieretto. Ich bin nicht wie Oreste, der bei solchen Äußerungen die Achseln zuckte und lachte. Jedes Wort, das nach Land riecht, trifft und erschüttert mich. Im ersten Augenblick wußte ich ihm nichts zu erwidern, ich schwieg und manövrierte mit dem Ruder.
Auch Pieretto konnte sich nicht satt sehen an dem herabtropfenden Wasser. Er war es gewesen, der im vergangenen Jahr gesagt hatte: »Was wird denn nun mit dem Po? Warum gehen wir nicht hin?« So warf er unsere Blödigkeit über den Haufen, meine und die von Oreste: wir taten nämlich etwas nur darum nicht, weil wir es noch nie getan hatten. Pieretto war erst seit ein paar Jahren in Turin und hatte vorher in verschiedenen Städten gelebt; sein Vater war Architekt, der die Familie, wie er gerade Lust hatte, hin und her ziehen ließ. Einmal, in Apulien, hatte er sie sogar in einem Kloster untergebracht, Mutter und Tochter bei den Nonnen, während Pieretto und der Alte bei den Mönchen in einer Zelle hausten; er hatte bestimmte Restaurierungsarbeiten zu überwachen. »Mein Vater«, sagte Pieretto, »kann mit den Mönchen nichts anfangen. Er geniert sich vor ihnen und kann sie nicht leiden; er zankte mit ihnen, weil er eine Mordsangst hatte, ich würde Priester oder Mönch werden.« Nun hatte der Alte, ein Riese mit offenem Hemd, sich beruhigt und mit Turin abgefunden, er ließ seine Familie in Turin und reiste umher; die

wenigen Male, da ich ihn gesehen hatte, hielten er und sein Sohn einander zum besten, erteilten sich gegenseitig Ratschläge und sprachen so miteinander, wie ich es zwischen Vater und Sohn nicht für möglich gehalten hätte. Im Grunde gefiel mir diese zu freie Art nicht sonderlich, und der Vater kam mir vor wie ein Altersgenosse von uns, mit dem man doch nichts anfangen konnte.

»Du hast dich im Kloster wohlgefühlt«, sagte Pieretto zu ihm, »weil du dort wie ein Strohwitwer gelebt hast.«

»Unsinn«, sagte der Alte. »Man fühlt sich dort wohl, wo die Seele Frieden hat. Du siehst ja, wie fett die Mönche werden.«

»Es gibt auch magere.«

»Das sind keine echten, sie sehen immer betrübt aus. Ein schlechtes Zeichen, wenn man ein heiliger Mann sein will. Die verstehen nicht, in Gemeinschaft zu leben.«

»Das ist wie ihr Motorradfahren«, sagte Pieretto. »Wie wenn ein Mönch Motorrad fährt. Wer nimmt so einen schon ernst?«

Der Alte sah ihn mißtrauisch an. »Was ist Schlimmes dabei?«

»Nichts«, sagte Pieretto, »jetzt ist ein Heiliger sozusagen ein Mönch, der Motorrad fährt...«

»Ein Anachronismus«, sagte ich.

»Immer dieser alte Kram«, sagte der Alte gereizt, »die Religion ist ein richtiger alter Kram. Und das wissen die besser als wir.«

In jenem Jahr hatte der Alte in Genaua zu tun. Er hatte dort eine Arbeit übernommen, und Pieretto sollte auch hinkommen, zum Baden. Die Schwester reiste gerade dorthin ab, und Pieretto wollte, daß wir drei, Oreste mit, hinführen, um einmal andere Menschen zu sehen. Nun war da aber noch der andere Plan, Oreste in seinem Dorf zu besuchen. Bei mir zu Hause war jedes Zuviel ein Ärgernis, und der Po konnte mir das Meer ersetzen. Ich beschloß, allein in Turin zu bleiben, zu warten, bis die zwei im August zurückkämen, wollte dann den Rucksack nehmen und loswandern.

Ich hätte nicht geglaubt, daß jener Sommeranfang in der Stadt mir so gut gefallen würde. Ohne einem Freund oder einem bekannten Gesicht auf den Straßen zu begegnen, dachte ich an die verflossenen Tage zurück, ging bootfahren, dachte mir Neuigkeiten aus. Die unruhigste Zeit war die Nacht (Pieretto hatte mich natürlich verwöhnt), die schönste der Mittag gegen zwei Uhr, wenn die leeren Straßen nichts als ein Stück Himmel enthielten. Etwas geschah oft: ich beobachtete irgendeine Frau an ihrem Fenster, wie sie sich langweilte, in einer Versunkenheit, zu der nur Frauen fähig sind; und im Vorübergehen hob ich den Kopf, erblickte flüchtig ein Interieur, ein Zimmer, ein Stück Spiegel, und nahm jene Freude mit mir. Ich beneidete meine beiden Kumpane nicht, die sich um diese Zeit am Strand, in Cafés, zwischen gebräunten, halbnackten badenden Mädchen umhertrieben. Sicher amüsierten sie sich sehr, aber sie mußten ja zurück. Ich hingegen genoß den Morgen, ließ mich braun brennen, schwitzte und hatte mein Teil Vergnügen. Auch an den Po kamen Mädchen und vollführten ein Geschrei in den Booten und an den Ufern des Sangone; sogar die Baggerleute hoben den Kopf und machten ihre Bemerkungen. Ich wußte, eines Tages würde ich mit einer von ihnen Bekanntschaft schließen, es würde etwas geschehen, und ich stellte mir schon ihre Augen, Beine und Schultern vor – eine Pracht –, paddelte und rauchte meine Pfeife. Es war schwer, sich nicht wie ein Athlet, wie ein Urmensch zu gebärden, nicht den Horizont oder Hügel abzusuchen, wenn man so auf dem

Wasser und im Boot stand und das Ruder senkrecht stemmte. Ich fragte mich, ob ein Mann wie Poli imstande sein würde, diese Freuden zu teilen und mein Leben zu begreifen.
Ende Juli brachte ich ein Mädchen mit auf den Po, aber sie war nichts Überwältigendes oder Neues. Ich kannte sie, sie war Gehilfin in einer Buchhandlung, knochig und kurzsichtig, doch ihre Hände waren gepflegt, und sie hatte in ihrem Gehaben etwas Affektiertes; während ich mir Bücher ansah, hatte sie mich gefragt, wo ich so viel Sonne bekäme. Und glücklich versprach sie, an jenem Samstag mitzukommen.
Sie kam in einem weißen Badekostümchen unter dem Rock, und als sie den auszog, wandte sie mir den Rücken zu und lachte. Sie legte sich hinten ins Boot, beklagte sich über die Sonne und betrachtete mich beim Paddeln. Sie hieß Teresina –, Resina. Wir wechselten ein paar Worte über die Hitze, die Fischer und die Badeanstalten von Moncalieri. Mehr als über den Fluß sprach sie über die Schwimmbäder. Sie fragte mich, ob ich tanzen ginge, und schien, mit ihren halbgeschlossenen Augen, gar nicht bei der Sache.
Ich legte unter den Bäumen an und begann zu schwimmen. Sie badete nicht, weil sie sich gegen die Sonne mit Öl eingerieben hatte, sie roch nach Kosmetik. Als ich triefend aus dem Wasser kam, sagte sie, das hätte ich gut gemacht, und spazierte am Ufer auf und ab. Ihre langen, geröteten Beine waren nicht häßlich. Ich weiß nicht warum – aber sie tat mir leid. Ich trug ihr Kissen auf die Steine, und sie bat mich, das Ölfläschchen zu nehmen und sie hinten, wo sie nicht hinreichte, einzureiben. Da kniete ich mich hin und rieb ihr den Rücken ein, und sie lachte und sagte, ich solle brav bleiben – lachte, wobei sie mit dem Nacken

dicht an meinen Mund kam. Sie drehte sich um und küßte mich auf den Mund. Gewiß, die wußte, was sie wollte. »Warum hast du dich mit diesem Öl vollgeschmiert?« fragte ich sie.
Und Resina, mit ihrer Nase die meine berührend: »Was hast du vor, du Schuft? Das ist verboten!«
Sie lachte weiter – was für kleine Augen – und fragte mich, weshalb ich mich nicht auch mit Öl einriebe. Da preßte ich sie fest an mich. Sie machte sich los und sagte: »Nicht doch, reib dich ein!« Sie tat nichts weiter, als mich küssen, wenn sie auch geneigt war, mit unter die Büsche zu kommen. Nach dem ersten Ärger war ich ganz froh, daß es dabei blieb. In der Sonne, auf dem Gras, stimmten jener Duft und unsere Körper nicht zusammen; das sind Dinge, die man in der Stadt, in einem Zimmer macht. Ein nackter Körper ist im Freien nicht schön; er verdroß mich, er beleidigte jenes Gelände. Ich stimmte zu, Resina in eine Badeanstalt zu begleiten, wo sie glücklich die anderen Badenden mustern und mit dem Strohhalm an einer Brauselimonade ziehen konnte.

VIII

Bei Resina ließ ich mich nicht mehr blicken, denn die Geschichte mit dem Öl, das Schwimmbad, das Spiel mit seinen Vorbehalten, alles das ödete mich an. Und überhaupt, ich fühlte mich allein wohler; auch war sie nicht die erste, die mich enttäuscht hatte. Ich würde als Pieretto, statt mich eines Abenteuers zu rühmen, sagen, es gäbe keine Frau, die einen Morgen im Wasser und in der Sonne aufzuwiegen vermöchte. Die Antwort wußte ich im voraus. »Einen Morgen nicht, die Nacht schon.«

Oreste konnte ich mir am Meer nicht vorstellen, auch Pieretto nicht. Als ich im vorigen Jahr mit Pieretto und seiner Schwester dort gewesen war, war Oreste nicht erschienen. Er war sogleich in sein Hügeldorf entwischt. »Was er nur daran findet«, hatte Pieretto gesagt, »wir müssen auch einmal dorthin.«
So war der Plan entstanden, zu Fuß hinzugehen, doch schon im Winter hatte Oreste es uns ausgeredet und gesagt, wir verbrächten die vier Wochen besser im Weinberg als auf der Landstraße. Damit hatte er nicht ganz unrecht; Pieretto aber sagte nein. Er war keiner von denen, die gern stillsitzen: im Jahr zuvor suchte er mit mir jeden Morgen eine andere Stelle am Strand, steckte überall seine Nase hinein, schloß Freundschaften vom einen bis zum anderen Ende der Küste. Ob in Kneipen oder großen Hotels, war ihm gleich. Er konnte keinen Dialekt, sprach jedoch alle. Er sagte »auf heut abend, im Spielkasino« – und ob es sich nun um einen Bademeister, um den Wirt oder um eine alte Vermieterin handelte, er fand die Stelle des geringsten Widerstandes und ging abends ins Kasino. Wenn man ihm so zusah, mußte man lachen. Doch bei den Frauen hatte er keinen Erfolg. Bei den Frauen war sein Gehabe nutzlos. Er überschüttete sie mit Worten, ertränkte sie darin, verlor dann die Geduld, wurde frech, und alles ging schief. Ich war nicht einmal sicher, ob ihm überhaupt etwas daran lag. »Man muß dumm sein«, tröstete ich ihn, »um den Frauen zu gefallen.« – »Das ist wahr«, sagte er, »das allein genügt nicht. Man muß *auch* dumm sein.« Pieretto war klein, dunkelhäutig, hatte krauses Haar und ein scharfgeschnittenes Gesicht; er schien dazu geboren, einem jeden das Mädchen abspenstig zu machen, sei es mit einem Lachen oder einem Blick, den er auf sie heftete. Er war geradezu feurig im Vergleich zu mir und zu dem mächtigen,

knochigen Oreste. Dennoch richtete Pieretto nicht einmal am Meer etwas aus. »Du bist zu aufgeregt«, sagte ich, »man wird nicht klug aus dir. Ein Mädchen will wissen, mit wem sie es zu tun hat.«

Wir gingen auf der Küstenstraße entlang, wo zerklüftete Wände überhingen und Höhlen bildeten, und suchten ein bestimmtes Stück Strand.

»Hier sind die Frauen, hier ist der Badeplatz«, sagte er.

Unten, in der Entfernung ganz klein, entkleideten sich Linda und Carlotta, Pierettos Schwester und eine Freundin von ihr, ein gutgewachsenes Mädchen, älter als wir: wären wir ihr unterwegs begegnet, wir hätten uns nach ihr umgedreht.

»Na so was«, sagte er, »sie erwarten uns.«

»Linda ist für dich, dazu hat sie sie mitgebracht.«

Pieretto hob in der grellen Sonne die Hand und stieß einen Schrei aus. Aber das Rauschen des Meeres, das kaum bis zu uns heraufdrang, mußte die Stimme übertönen. Da warfen wir Steine. Die Mädchen sahen auf und kamen in Bewegung. Offenbar riefen sie etwas, doch wir hörten es nicht.

»Gehn wir hinunter«, sagte ich.

Wir mußten den schmalen Strand vom Meer her erreichen, wir schwammen durch das grüne Wasser hin. Lange spielten wir mit den beiden Mädchen auf den Klippen und zwischen den schäumenden Wellen. Dann streckte ich mich lang – die Sonne drückte geradezu –, um mich rösten zu lassen, und betrachtete die über den Sand hinwegeilenden Schaumkämme; Pieretto unterhielt indes Schwester und Freundin. Ich entsinne mich, daß wir Pfirsiche aßen.

Sie sprachen von den Obstkernen, den Zeitungsfetzen, die man dort, wo der Strand verlassen ist, liegen sieht. Pieretto sagte, es gäbe nicht ein jungfräuliches Eckchen mehr auf der Welt. Für viel zu viele bedeuteten die Wolken und der Meereshorizont einen reinen, wilden Anblick. Der alte Anspruch des Mannes, die Frau unberührt zu finden, sei ein Rest des gleichen Geschmacks – die dumme fixe Idee, der erste zu sein. Carlotta, die Haare über den Augen, widersetzte sich ihm: sie begriff den Spaß nicht und lachte etwas gekränkt.

Ausgerechnet mit ihr dieses Gespräch! Carlotta war ein Wesen, das einfach sagte: »Mamma mia, wie schön das ist!« – vom Meer, von einem Kind, von einer Katze. Sie hatte wohl verschiedene Freunde am Strand und zum Tanzen, behauptete aber, sie könne es nicht leiden, diejenigen in der Stadt zu besuchen, die sie im Badeort halbnackt gesehen hätten. Mit Linda spazierten sie Arm in Arm. Pieretto achtete nicht auf diese Dinge. Von dem Felsen herab, auf dem sie sich langgestreckt hatte, sagte Linda ihm, er solle doch aufhören. Pieretto begann vom Blut zu sprechen. Er sagte, die Freude am Unberührten und Wilden sei Freude am Blutvergießen. »Man treibt seine Liebesspiele, um zu verwunden, um Blut zu vergießen«, erklärte er. »Der Bürger, der heiratet und eine Jungfrau verlangt, will genauso diese Lust auskosten...«

»Hören Sie auf!« schrie Carlotta.

»Warum?« fragte er. »Wir alle hoffen, daß wir es einmal erleben...«

Linda stand auf, dehnte sich in der Sonne und schlug vor, ein bißchen zu schwimmen.

»Aus dem gleichen Grund«, sagte Pieretto, »geht man ins Gebirge, auf die Jagd. Die Einsamkeit einer Landschaft macht Durst nach Blut...«

Von jenem Tag an kam die schöne Carlotta nicht mehr in die unberührten Gefilde. Linda sagte: »Da habt ihr die

Bescherung.« So verspielte sich Pieretto die Gunst der Mädchen und behauptete noch, er habe es gut gemacht und bleibe im Vorteil. Dann entdeckte er neue Orte und neue Leute, und das Gespräch wechselte. Am Ende der Saison hatte er keine Freundschaft geschlossen, außer mit dem Wirt irgendeiner Kneipe und mit ein paar alten Rentnern.

Ich dachte lange an jenen verborgenen schmalen Strand zurück. Im Grunde sagte mir das gewaltige, ungreifbare Meer nicht eben viel. Ich liebte die fest umrissenen Orte, die eine Form hatten, einen Sinn – Buchten, Landwege, Terrassen, Olivenhaine. Manchmal betrachtete ich, platt auf einer Klippe liegend, forschend ein faustgroßes Stück Stein, das gegen den Himmel wie ein riesiger Berg erschien. So etwas macht mir Spaß.

Jetzt dachte ich an Oreste, der dieses Jahr zum erstenmal das Meer sah. Pieretto würde ihn gar nicht schlafen lassen, den beiden war alles zuzutrauen – selbst nackt baden würden sie, um auch das auszuprobieren. Dann waren Linda und ihre Freundinnen da und der Vater, dieser unberechenbare und heftige Vater. Um bestimmte frühe Stunden, da ich heimlich in der milden Luft, wenn die letzten Sterne am Himmel stehen, am Meer entlangging, tat es mir leid. Sicher würde Oreste nicht solche Würze brauchen, um seine Ferien zu genießen. Aber ich hätte viel darum gegeben, ihn, während ich ihn im Boot auf dem Po herumfuhr, sagen zu hören, ob ihn jene Welt überzeuge.

Statt dessen kehrten weder er noch Pieretto nach Turin zurück. Linda, die in einem Büro arbeitete, kam wohl zurück und rief mich in den ersten Augusttagen an. »Hören Sie«, sagte sie mir, »Ihre Freunde erwarten Sie in einem Dorf, von dem ich nicht mehr weiß, wie es heißt. Kommen Sie vorbei, und ich erkläre es Ihnen.« Ich nannte ihr

sogleich einen Namen – das Hügelland von Oreste. Dort war es. Diese Teufelskerle waren schon hingereist. Ich traf Linda zur Zeit des Abendessens vor ihrem Café. Auf den ersten Blick erkannte ich sie nicht, so sehr war sie von der Sonne gebräunt. Auch diesmal sprach sie lachend mit mir, so wie man mit einem Jungen scherzt. »Bieten Sie mir einen Wermut an?« fragte sie mich. »Das ist eine Strandsitte.«
Sie setzte sich mit übergeschlagenen Beinen hin. »Häßliche Sache, im August nach Hause kommen«, seufzte sie. »Sie können froh sein, daß Sie gar nicht fort waren.«
Wir sprachen über die beiden. »Was sie getrieben haben, weiß ich nicht«, sagte sie, »ich habe sie ihren Wasserplanschereien überlassen. Sie sind groß genug. Dieses Jahr hatte ich meine Freunde da, gediegene Leute, zu gediegen für euch...«
»Und Carlotta, die schöne Carlotta?«
Linda lachte mit weitoffenem Mund. »Pieretto übertreibt ab und zu. Wir in der Familie sind alle so. Es passiert auch mir. Wir sind schrecklich. Und mit den Jahren wird es nur noch schlimmer.«
Ich widersprach nicht und sah flüchtig zu ihr hin. Sie bemerkte es und schnitt mir eine Grimasse.
»Eure zwanzig Jahre werde ich nie wieder haben«, murmelte sie, »aber so arg viele habe ich nun auch wieder nicht.«
»Man kommt alt zur Welt«, sagte ich. »Man braucht es nicht erst zu werden.«
»Das könnte Pieretto gesagt haben«, rief Linda, »ganz dasselbe.«
Nun zog auch ich meine Grimasse. »Das passiert einem nur einmal am Tag«, brummte ich, »und das reicht.«

IX

Das Haus von Oreste war ein grob verputztes, rosafarbenes Gebäude mit Terrasse; es lag beherrschend über einem Meer von Tälern und Schluchten – in einem heftigen Licht, das den Augen weh tat. Den ganzen Morgen war ich durch die Ebene gefahren, eine Ebene, die ich kannte, und hatte durchs Fenster flüchtig die von Bäumen gesäumten Wassergräben gesehen, mir von Kindheit an vertraut – Wasserspiegel, Gänseherden, Wiesen. Daran dachte ich noch, als der Zug schon die abschüssigen Hänge erreicht hatte, wo man emporschauen mußte, um den Himmel zu sehen. Nach einem engen Tunnel hatte der Zug gehalten. In Schwüle und Staub stand ich auf dem kleinen Bahnhofsplatz, von den kalkigen Hügelrücken noch ganz geblendet. Ein dicker Fuhrmann wies mir den Weg; ich mußte steigen, immer steigen, das Dorf lag hoch oben. Ich warf das Köfferchen auf den Karren, und im gemächlichen Schritt seiner Ochsen stiegen wir bergauf.

Oben kamen wir durch Weinberge und versengte Stoppelfelder, und sowie die Hänge sich allmählich zu meinen Füßen ausbreiteten, konnte ich neues Land, neue Weinberge, neue Hügelrücken unterscheiden. Ich fragte den Fuhrmann, wer so viele Reben angepflanzt habe, und ob sie genug Hände hätten, sie zu bearbeiten. Er sah mich neugierig an, redete umständlich und war darauf aus zu erfahren, wer ich sei. »Die Reben waren immer hier, das ist nicht so, wie wenn man ein Haus baut«, sagte er.

Unter der starken Quadermauer, die das Dorf stützte, wollte ich ihn fragen, was das denn für ein Einfall wäre, die Häuser dort oben hinzusetzen; aber jene blinzelnden Augen im dunklen Gesicht ließen mich schweigen. Eine frische Brise, ein Geruch von Feigen wehte zu mir her, daß mir schien, ich atmete auf jenem Hang Meeresluft. Ich zog sie tief ein und murmelte: »Was für eine gute Luft!«

Das Dorf war eine steinige Gasse, deren Enge durch Höfe und ein paar Villen mit Balkonen unterbrochen war. Ich sah einen Garten voll Dahlien, Zinnien und Geranien – Scharlachrot und Gelb herrschten vor – und Bohnen- und Kürbisblüten. Zwischen den Häusern gab es kühle Winkel, Treppchen, Hühnerställe, alte Bäuerinnen saßen da. Das Haus von Oreste stand an der Ecke der Piazza, auf der Terrasse über den starken Stützmauern, und hatte einen rosa marmorierten Farbton – ein richtiges Landhaus, ausgebleicht von Kletterpflanzen und Wind: denn der wehte dort auch um diese Zeit. Das merkte ich, sobald ich auf die Piazza einbog und der Fuhrmann mir das Haus zeigte. Ich war verschwitzt und ging geradewegs auf die drei Stufen vor der Haustür zu. Mit dem bronzenen Klopfer schlug ich gegen die Tür.

Während ich wartete, sah ich mich um: der rauhe Mörtel im Licht, auf der Terrasse ein Grasbüschel gegen den Himmel, die große Mittagsstille. Beim Gepolter des sich entfernenden Fuhrwerks dachte ich daran, daß dies hier Oreste vertraute Orte waren, er war hier geboren und aufgewachsen, sie mußten ihm wer weiß was sagen. Ich dachte daran, wie viele Orte es auf der Welt gibt, die irgend jemandem so zugehören, die er im Blut hat und die keiner sonst kennt.

Ich klopfte mit der Hand wieder an.

Durch die angelegten Fensterläden antwortete mir eine Frau. Sie rief, brummte etwas, erkundigte sich. Weder Oreste noch sein Freund waren zu Hause. Ich solle warten; ich entschuldigte mich, daß ich um diese Zeit ankäme. Schließlich machte man mir auf.

Von überall kamen Frauen heraus – alte Frauen, Mägde, kleine Mädchen. Die ›Mamma‹ von Oreste, eine stattliche Matrone in der Küchenschürze, empfing mich aufgeregt, erkundigte sich nach meiner Reise, führte mich in ein schattiges Zimmer (als ich die Läden aufmachte, merkte ich, daß es die gute Stube war, Schalen und Bilder, die Möbel in Überzügen, ein Dreifuß aus Bambusstangen, Blumenvasen) und fragte mich, ob ich einen Kaffee haben wollte. Es roch etwas muffig nach Brot und Früchten. Sie setzte sich hin und unterhielt mich, um die Lippen das überlegene Lächeln von Oreste. Sie sagte mir, Oreste, die Männer kämen sehr bald zurück, in einer Stunde werde gegessen. Orestes Freunde seien alle brave Jungen, und waren wir nicht in der gleichen Schule gewesen? Dann erhob sie sich, sagte: »Es zieht!« und machte die Läden wieder zu. »Sie müssen entschuldigen, ihr werdet in einem Zimmer schlafen. Wollen Sie sich frisch machen?«

Als Oreste und Pieretto heimkamen, kannte ich schon das ganze Haus. Unser Zimmer ging ins Weite, auf die fernen Hügel hin, und man wusch sich in einer Schüssel, wobei die roten Fußbodenkacheln vollgespritzt wurden. »Machen Sie sich nichts daraus, wenn der Boden naß wird, das vertreibt die Fliegen.« Ich war schon auf der Terrasse draußen und unten in der Küche gewesen, die Frauen arbeiteten an dem knisternden Herdfeuer. Ich hatte im Arbeitszimmer des Vaters in Almanachen und alten Schulbüchern geblättert, bis dieser dann polternd hereingekommen war: ich kannte ihn aber schon aus den Fotografien der guten Stube. Dieser Vater hatte einen Schnurrbart, er gab mir Feuer für die Zigarette und sprach mit mir über alles mögliche. Er wollte wissen, ob ich auch von dem Badeort käme, ob mein Vater Land besäße, ob ich auch studiert hätte, um Priester zu werden wie mein Freund. Ich blieb vorsichtig und ließ ihn erst einmal reden. Immerhin – auch dies war möglich. »Hat Oreste das gesagt?« – »Ach, Sie wissen, wie es geht, man redet so hin«, sagte er, »und die Frauen glauben an so etwas, sie wollen daran glauben. Dieser Pieretto weiß allerlei über die Priester, er hat studiert, er rückt mit Seminar und Ordensregeln ins Feld... Meine Schwägerin will mit dem Propst darüber sprechen.«

»Es ist nur Gerede. Kannten Sie ihn denn noch nicht?«

»Für mich«, sagte der Mann mit dem Schnurrbart, »ist das alles Ladengeschwätz. Aber den Frauen verdreht es den Kopf.«

»Das gleiche sagt auch sein Vater.« Ich erzählte ihm, wie Pieretto im Kloster gelebt habe, daß er über die Mönche im Bilde sei, er hatte sie bei der Arbeit erlebt, und weder er noch sein Vater nahmen sie ernst. »Er hat seinen Spaß dabei, das ist alles.«

»Das höre ich gern«, sagte jener, »das höre ich wirklich gern. Aber sprechen Sie um Himmels willen nicht davon. In einem Kloster... schau, schau.«

Oreste und Pieretto kamen in Hemdsärmeln an und schlugen mir auf die Schulter. Sie waren braungebrannt und hungrig, und wir gingen sogleich zu Tisch. Obenan saß der Vater; die Frauen, alte Tanten und kleine Schwestern, kamen und gingen. Ich lernte Pierettos Opfer kennen, die Schwägerin Giustina, eine rüstige Alte am anderen Tischende. Die Mädchen alberten, neckten sie und sprachen von gewissen Blumen für den Altar, die der Küster ins Weihwasser gestellt hatte. Das war eine Anspielung auf Mariä Himmelfahrt. Ich behielt sie alle im Auge; Pieretto aber schien ermahnt worden zu sein: er aß und schwieg.

Nichts geschah. Wir sprachen von den Badeferien Orestes. Ich sagte, ich wäre zum Sonnenbaden am Po gewesen, dort hätte es von Badenden gewimmelt. Die Mädchen hörten aufmerksam zu. Der Vater ließ mich ausreden, dann sagte er, Sonne gebe es überall, aber zu seiner Zeit wären an die Riviera nur die Kranken gegangen. »Man geht nicht wegen der Sonne«, sagte Pieretto, »und nicht einmal nur des Wassers wegen.«

»Weswegen denn?« fragte Oreste.

»Damit du deinen Nächsten so nackt siehst wie dich selbst.«

»Gibt es auch Badeanstalten am Po?« fragte mich rasch die Mutter. »Und ob«, sagte Oreste, »dort wird gesungen und getanzt.«

»Nackt«, sagte Pieretto.

Die alte Giustina grunzte aus dem Hintergrund. »Die Männer, das verstehe ich«, sagte sie verächtlich. »Aber daß auch die Mädchen hingehen, das ist eine Schande. Sie sollten sie allein hingehen lassen.«

»Sie wollen doch wohl nicht, daß die Männer miteinander tanzen«, sagte Pieretto. »Das wäre unanständig.«

»Noch unanständiger ist ein Mädchen, das sich im Freien auszieht«, schrie die Alte. So zog sich das Essen mit Ereiferungen hin, und die Unterhaltung kreiste, stockte, lief weiter. Dann und wann ging es um ihre Angelegenheiten, Dorfklatsch, Arbeits- und Grundstücksfragen; sobald aber Pieretto den Mund auftat, wurde der Boden heiß. Wären wir nicht hier zusammen gewesen, wäre sein Benehmen nicht auf mich zurückgefallen, so hätte ich Spaß daran haben können. Oreste indessen sah mich zufrieden an, seine Augen lachten, er war glücklich, mich bei sich zu haben. Ich drohte ihm mit der Hand und machte dann mit zwei Fingern die Bewegung eines Menschen, der läuft. Er begriff nicht und warf auf die Runde einen komisch-fragenden Blick. Er glaubte, es sei mir lästig, so lange bei Tisch zu sitzen.

»Ein schöner Spaß!« sagte ich zu ihm. »Wollten wir nicht die Reise hierher zu Fuß machen?«

Oreste zuckte mit den Achseln. »Du wirst sehen, wir laufen schon noch über Hügelrücken und durch Weinberge«, sagte er. »Wir sind ja hier, um spazierenzugehen.«

Der Vater hatte es nicht verstanden. Wir erzählten ihm von dem Plan, zu Fuß von Turin hierherzukommen. Eine kleine Schwester von Oreste ließ einen Schrei der Verwunderung hören und hielt vor Staunen die Hände vor den Mund. Der Vater sagte: »Aber es gibt doch den Zug. Was hat das für einen Sinn!«

Da platzte Pieretto los. »Zu Fuß gehen wird erst dann schön, wenn alle mit dem Zug fahren. Es ist eine Mode wie die Seebäder. Jetzt, wo alle ein Bad im Haus haben, wird es schön, draußen zu baden.«

»Na ja, du warst gerade dort«, sagte ich.

»Komische Leute«, meinte der Vater, »zu meiner Zeit kommandierte die Mode nur die Bräute.«

Betäubt und schläfrig erhoben wir uns. Die Frauen hatten meinen Teller keinen Augenblick leer gelassen, und der Vater neben mir hörte nicht auf, mir das Glas zu füllen.

»Gehen Sie schlafen, es ist so heiß«, sagten sie zu mir.

Wir drei stiegen in das glutheiße Zimmer hinauf. Um mich zu erfrischen, wusch ich mir in jener weißen Schüssel das Gesicht und sagte zu Oreste: »Wie lange dauert das Fest?«

»Was für ein Fest?«

»Wir werden gemästet, scheint mir. Hier ißt man einen Weinberg pro Mahlzeit.«

Pieretto sagte: »Wenn du erst zu Fuß gekommen wärest...«

Durch die angelehnten Fensterläden fielen Lichtstreifen auf Orestes lachendes Gesicht. Er hatte das Hemd ausgezogen und ließ seine braungebrannten runden Muskeln sehen. »Hier kann man es aushalten«, sagte er und vergrub sich ins Bett.

»Oreste hat plötzlich Geschmack bekommen am Tanz und an der Berührung«, sagte darauf Pieretto. »Beim Tanzen schien er auf wogender See. Immer noch steigt ihm der Meergeruch in die Nase, wenn er ein Mädchen sieht.«

»Dieses Land hat wirklich einen bestimmten Geruch«, sagte ich und trat ans Fenster. »Schau da hinunter. Es sieht aus wie ein Meer.«

Pieretto sagte: »Am ersten Tag ist es dir erlaubt. Schau dir das Panorama nur an. Morgen hörst du dann schon auf damit.«

Ich ließ sie eine Weile auf ihre Art lachen und reden. »Ihr seid so vergnügt«, sagte ich. »Was ist los?«

»Du hast gegessen und getrunken. Was willst du mehr?« fragte Pieretto.

Und Oreste: »Willst du ein Pfeifchen rauchen?«

Dieser Verschwörerton in dem dämmrigen Zimmer war mir unbehaglich. Ich sagte zu Pieretto: »Die Frauen im Hause hast du schon erschreckt. Du bist doch immer der gleiche. Es wird damit enden, daß sie dich wegjagen.«

Oreste schoß in seinem Bett hoch. »Keinen Unsinn jetzt, sage ich. Ihr bleibt über die Weinlese hier.«

»Was sollen wir den ganzen August über tun?« brummte ich.

Als ich das Unterhemd über den Kopf gestreift hatte, hörte ich, wie Pieretto sagte: »Aber der ist ja auch so schwarz wie ein Krebs...«

»Am Po scheint die Sonne genauso wie an der Riviera«, knurrte ich, und die beiden lachten schon wieder.

»Was ist los? Habt ihr einen Schwips?«
»Laß uns den Nabel sehen«, sagte Oreste. Ich löste zum Spaß den Gürtel der Hose und ließ einen Streifen des bleichen Bauches sehen.
Die beiden lachten schallend und brüllten: »Du Schandkerl! Also auch er! Natürlich!«
»Du bist ja noch gezeichnet«, sprudelte Pieretto grinsend los, wie es seine Art war. »Du kommst mit uns in den Wassertümpel. Hier geniert man sich nicht. Vor der Sonne braucht man nichts zu verbergen.«

X

Am nächsten Tag gingen wir hin. Es war ein Wasserlauf genau in der Mitte der Mulde, die unsere Anhöhe von einer Hochebene mit ungleichmäßigen Bodenerhebungen trennte; man gelangte von den Weinbergen aus zwischen Mohrenhirsefeldern an einen abschüssigen, von Akazien und Erlen bewachsenen Graben. Ein schmaler Bach bildete darin eine Reihe von Teichen. Einer davon lag auf dem Grund einer Senke, aus der man nur den Himmel und die Böschung mit ihren Brombeersträuchern sehen konnte. In den glühenden Mittagsstunden fiel die Sonne senkrecht darauf.
»Was für ein Land«, sagte Pieretto. »Wenn man nackt gehen will, muß man unter die Erde.«
Denn dies war ihr Spiel: sie gingen um die Mittagszeit von Hause weg und verbrachten dann ein, zwei Stunden nackt wie die Nattern da unten, badeten und wälzten sich auf dieser rissigen Erde in der Sonne. Sie wollten unbedingt auch Leistengegend und Hinterbacken, alles bis auf die Scham, von der Sonne bräunen lassen. Zum Mittagessen

gingen sie dann wieder hinauf. Am Tag meiner Ankunft kamen sie gerade von dort.

Jetzt begriff ich das Gerede und die Aufregung der Frauen. Im Hause wußte man nichts von Pierettos Entdeckung, aber ein Bad inmitten der Mohrenhirsepflanzungen – wenn auch unter Männern, wenn auch in Badehosen – regte die Phantasie an.

An jenem Nachmittag entdeckte ich noch andere Dinge. Wenn man irgendwo hinkommt, kann man am ersten Tag nicht so leicht einschlafen, auch wenn alle anderen ihre Siesta halten. Während das Haus schlummerte und überall in den Zimmern Fliegen summten, ging ich die Steintreppe hinunter zur Küche, aus der Getuschel und ein dumpfes Aufschlagen wie von einer Wiege kam. Ich fand dort eine der kleinen Schwestern und Orestes Mutter, die auf der Tischplatte, die Ärmel hochgekrempelt, mit aller Kraft knetete. Eine Alte wusch in einer Bütte Geschirr ab. Sie lächelten mir zu und sagten, sie bereiteten das Abendessen vor.

»So früh?« rief ich aus.

Die Alte an der Bütte drehte sich mit einem zahnlosen Lachen nach mir um. »Fürs Essen fängt man früh an«, krächzte sie.

Orestes Mutter sagte, wobei sie sich die Stirn abtrocknete: »In diesem Hause sind wir so viele Frauen – zwei Männer oder vier, das vermehrt die Arbeit auch nicht.«

Das blondzopfige Mädchen, das mit einem Schöpflöffel Wasser aufs Mehl goß, hielt verzückt inne und staunte mich an. »So rühr dich doch!« sagte die Mutter. »Bist du verblödet?« Und sie knetete weiter.

Ich blieb und sah ihnen zu. Ich sei gar nicht müde, sagte ich. Ich ging zu dem an der Wand hängenden Eimer und versuchte aus dem tropfenden Schöpflöffel zu trinken, als

die Mutter auch schon rief: »Los, Dina, gib ihm ein Glas!«
»Nicht nötig«, sagte ich, »als ich ein Junge und auf dem Dorf war, trank man aus dem Eimer.«
So erzählte ich von meinen Ställen, von den bewässerten Gemüsegärten und von den Gänsen. »Ein Glück«, sagte die Mutter, »daß Sie schon auf dem Land waren. So sind Sie es gewöhnt und wissen, wie es ist.«
Wir sprachen von Pieretto, der ein anderes Leben gewöhnt war und nur Städte erlebt hatte.
»Aber was denken Sie, der entbehrt nichts«, sagte ich lachend. »So wohl ist ihm noch nie gewesen.« Und ich erzählte von seinem verrückten Vater, der sie überallhin mitgeschleppt hatte, in Klöster, Villen, Dachstuben. »Er schwatzt und lästert sehr gern, aber das ist alles Ausgelassenheit«, sagte ich. »Wenn man ihn näher kennt, gewinnt er.«
Die Mutter knetete. »Hier müßt ihr euch mit Oreste begnügen«, sagte sie, »wir sind unwissende Frauen.«
Die Unwissenheit war das wenigste. Ich sagte es ihr nicht geradezu, aber ich war froh, daß es im Hause nur reife Frauen oder kleine Mädchen gab. Man stelle sich vor: ein Mädchen in unserem Alter, leibliche Schwester von Oreste, und unsereins um sie herum. Oder eine Freundin, irgendeine Carlotta. Statt dessen war das älteste Mädchen die elfjährige Dina. Es war die, die bei Tisch lachend die Hand vor den Mund gepreßt hatte.
Als ich fragte, ob es im Dorf einen Tabakhändler gäbe, sagte die Mutter zu Dina, sie solle mich hinführen. Wir gingen zusammen auf die Piazza hinaus und dann die gleiche Straße, auf der ich am Morgen gekommen war. Der Wind hatte sich jetzt gelegt. Auf der Schattenseite der Häuser genossen Frauen und alte Männer die Kühle. Wir

kamen wieder am Dahliengarten vorüber, und es fiel mir auf, daß man zwischen zwei Häusern hindurch in die Weite des Tales sah; auf gleicher Höhe mit uns tauchten Hügel auf, wie Luftinseln. Die Leute musterten uns verstohlen; die kleine Dina ging ordentlich und sorgsam an meiner Seite und schwatzte von sich. Ich fragte sie, wo des Vaters Weinberge lägen.

»Die Meierei ist in San Grato«, sagte sie und wies mir den gelben Rücken unseres Hügels, der sich mit seiner Wölbung über den Häusern der Piazza erhob. »Das«, sagte sie, »ist einer mit weißen Trauben. Dann gibt es den Rossotto mit der Mühle«, und sie deutete auf einen Hang im Tal mit Wiesen und Buschwald. »Dort unten, hinter dem Bahnhof, machen sie das Fest. In diesem Jahr ist es schon gewesen. Es gab Feuerwerk. Wir haben es mit der Mama von der Terrasse aus gesehen...«

Ich fragte sie, wer das Land bebaue. »Wer?« Sie blieb verwundert stehen. »Die Bauern natürlich«, sagte sie dann.

»Ich dachte, du und deine Schwestern mit dem Papa.«

Dina lachte verschmitzt und sah mich zweifelnd an. »Oh, ausgerechnet wir«, sagte sie. »Wir haben keine Zeit. Wir müssen aufpassen, daß die ihre Arbeit tun. Papa kommandiert sie und verkauft dann die Ernte.«

»Würde es dir Spaß machen, auf dem Land zu arbeiten?« fragte ich.

»Man wird ganz braun dabei, das ist Männerarbeit.«

Als ich aus dem Laden kam, einem Kellerraum, der nach Schwefel und Johannisbrot roch, erwartete mich Dina ganz ernsthaft.

»So viele Frauen liegen in der Sonne am Meer«, sagte ich. »Es ist Mode, sich braun brennen zu lassen. Warst du schon einmal am Meer?«

Dina sprach auf dem ganzen Rückweg von diesen Dingen.

Ans Meer, sagte sie, würde sie erst gehen, wenn sie heirate, früher nicht. Das Meer sei ein Ort, wo man nicht allein hingehe, und wer könnte sie jetzt hinbegleiten? Oreste nicht, der war ein junger Mann.
»Die Mama.«
Die Mama, sagte Dina, sei zu altmodisch dazu. Sie sage, man müsse erst heiraten, bevor man etwas unternehme.
Da fragte ich: »Schauen wir uns die Kirche an?« Die Kirche stand groß, aus weißem Stein, mit Engeln und Heiligen in den Nischen, an der Piazza. Ich hob den Türvorhang auf, und Dina schlüpfte hinein, bekreuzigte sich und beugte das Knie. Einen Augenblick sahen wir uns in dem leicht farbigen kühlen Dämmerlicht um. Hinten schimmerte wie ein Stück weißer Mandeltorrone der Altar mit vielen Blumen und einem Lichtchen.
»Wer bringt der Madonna die Blumen?« flüsterte ich.
»Die Mädchen.«
»Und beim Blumenpflücken auf dem Feld draußen wird man wohl nicht braun?« sagte ich leise. Beim Hinausgehen trafen wir an der Tür mit der alten Giustina zusammen. Voller Zurückhaltung trat sie beiseite, erkannte mich, erkannte das Kind und verzog die Lippen zu einem etwas säuerlichen Lächeln. Ich benützte ihr Staunen, um die Stufen hinunterzugehen. Giustina aber besann sich nicht lange, sie drehte sich um und rief mir nach:
»Daran haben Sie recht getan. Zuerst kommt Gott. Haben Sie den Erzpriester schon gesehen?«
Ich sei aus bloßer Neugierde, ohne besondere Absicht hineingegangen, stammelte ich.
»Was sagen Sie da?« rief sie. »Da gibt es nichts zu schämen. Sie haben recht daran getan. Nur keine falsche Scham! Das hat mich recht getröstet...«
Wir ließen sie auf den Stufen zurück, und Dina sagte, als

wir die Piazza überquerten, die Alte wäre ständig im Pfarrhaus. Zu jeder Zeit ließe sie die Hausarbeit im Stich, Wäsche, Kochtopf und Kocherei, nur damit sie nicht die kleinste kirchliche Verrichtung versäumte. »Wenn es alle so machten wie du«, sagte die Mutter zu ihr, »wohin kämen wir dann mit dem Haushalt?«
»Ins Paradies!« antwortete dann Giustina.
Noch weitere Dinge, weitere Begegnungen brachte jener Tag, und abends aßen und tranken wir und durchstreiften das Dorf unter dem Sternenhimmel. Ich dachte anderntags darüber nach, als ich nackt unter der grausamen Sonne an dem Tümpel lag, während Oreste und Pieretto wie kleine Jungen herumplanschten. In der bedrückenden Schwüle dieser Vertiefung sah ich in einen Himmel, der von der Ausstrahlung der Hitze verfärbt war, und spürte das Zittern und Summen der Erde. Ich dachte an jenen Einfall Pierettos, das unter der Augustsonne glühende Land erinnere an den Tod. Das war nicht unrichtig. Jener Schauer, nackt dazustehen und es zu wissen, uns vor allen Blicken zu verbergen, zu baden, braun zu werden wie Baumstümpfe, hatte etwas Unheimliches, eher tierisch als menschlich. Ich bemerkte in der hohen Wand des Felsspaltes Wurzeln und Fasern, schwarze Fangarme, die aus dem Gestein auszuwittern schienen: das innere, geheime Leben der Erde. Oreste und Pieretto, mehr daran gewöhnt als ich, wälzten sich, sprangen, redeten. Sie machten sich auch über meine noch schamlos weißen Hüften lustig.
Niemand konnte uns hier drinnen überraschen, denn die Mohrenhirse rauscht klirrend, wenn jemand hindurchgeht. Wir waren sicher. Oreste, der im Wasser lag, sagte: »Ihr werdet überall braun. Bald seht ihr aus wie Stiere.«
Es war seltsam, hier unten an die Welt droben zu denken,

an die Leute, das Leben. Am Abend vorher waren wir, von Wein und Kühle belebt, durch das Dorf zum Mäuerchen der Piazza gegangen und hatten gegrüßt und gelacht, hatten Leute getroffen und singen hören. Da war eine kleine Gruppe junger Männer, die Oreste einen Gruß zuriefen; da war der Pfarrer, der in der Abenddämmerung umherspazierte und uns im Auge behielt. Worte und Scherze, unter den Sternen gewechselt, ohne daß die Gesichter noch recht zu erkennen waren, mit einer Frau, einem Alten, einem von uns, hatten mich mit einer merkwürdigen Heiterkeit, einem festlichen Gefühl erfüllt – als hätte man keinerlei Verantwortung mehr –, das von den lauen Windstößen, dem Flackern der Sterne und fernen Lichter zu einem Gefühl der Zukunft, des ganzen Lebens erweitert wurde. Die Kinder auf der Piazza spielten ohrenbetäubend ihr ›Fang mich‹. Wir hatten Pläne gemacht, die Namen der auf den Hügelrücken und Anhöhen verstreuten Dörfer genannt, hatten von den Weinen gesprochen, die noch zu trinken waren, von den Vergnügungen, die auf uns warteten, von der Weinlese.

»Im September«, sagte Oreste, »gehen wir dann auf die Jagd.«

Da mußte ich an Poli denken.

XI

Schon beim Zirpen der Grillen hatten wir von ihm gesprochen.

»Der Greppo ist dort unten«, sagte Oreste, »dort, wo jene Sternengruppe ist. Er reicht kaum über den Rand der Hochebene hinaus. Im ersten Sonnenlicht sieht man die Wipfel der Pinien...«

»Gehn wir hin, los!« sagte Pieretto.
Aber Oreste sagte, bei Nacht lohne es sich nicht, und Poli sei sicher noch an der Riviera.
»Wenn er diesmal nicht überhaupt dort bleibt«, sagte Pieretto. »Es ging ihm gut. Er wird jetzt geheilt sein...«
»Eine andere wird auf ihn geschossen haben.«
»Muß ihm denn immer etwas zustoßen?«
»Wie!« schrie Pieretto in den Wind, »weißt du denn nicht, daß sich das, was einem zustößt, wiederholt? Daß man immer so reagiert, wie man einmal reagiert hat? Es ist doch kein Zufall, wenn du in Schwierigkeiten gerätst. Du fällst dann eben wieder da hinein. Das nennt man dann Schicksal.«
Über Poli wurde anderntags bei Tisch wieder gesprochen, als wir vom Tümpel zurück waren. Oreste sagte in den Kreis der Gesichter hinein: »Wißt ihr, wen ich in diesem Jahr gesehen habe?«
Als er die Geschichte von der Verwundung und Rosalba, von dem grünen Wagen, den nächtlichen Fahrten erzählt hatte – bei einem Heidenlärm begieriger Fragen und Ausrufe –, sagte die Mutter in einer Pause ungläubig:
»Ein so schönes Kind! Ich sehe ihn noch vor mir, wie sie in der Kutsche mit aufgespannten Sonnenschirmen vorbeifuhren. Eine in Spitzen gekleidete Amme mit Busennadeln trug ihn... Es war in dem Jahr, als ich Oreste erwartete.«
»Bist du sicher, daß es Poli vom Greppo ist?« fragte der Vater kurz.
Oreste wiederholte den Bericht von jener Nacht auf dem Hügel. »Und wer ist diese Frau?« fragte, bleich geworden, die Mutter. Die Mädchen hörten mit offenem Munde zu.
»Mir tut sein Vater leid«, sagte der Vater Orestes. »Ein

Mann, der Herr von ganz Mailand ist. Da sieht man, wie es mit dem Geld manchmal ausgeht.«

»Was heißt hier ›ausgeht‹«, sagte Pieretto. »Da muß es schon anders kommen. Der Vater hat alles in Ordnung gebracht. So was ist in den guten Familien gang und gäbe.«

»Nicht hier bei uns«, sagte Oreste.

Da mischte sich die alte Guistina ein. Sie hatte sich bis jetzt, angriffsbereit wie ein Falke und von dem einen zum anderen spähend, aufs Zuhören beschränkt.

»Recht hat der Herr«, sagte sie, Pieretto mit ihrem Blick durchbohrend. »Solche Sünden begeht man überall. Wenn doch Vater und Mutter, statt die Kinder wie Hunde umherstreunen zu lassen, ihnen Befehle gäben, Rechenschaft von ihnen forderten...«

So ging es eine Weile weiter. Sie hatte es schon wieder mit dem Tanz und den Seebädern. Selbst einige Worte ihrer Schwester, einige Blicke nach den Kindern, nach Dina hin genügten nicht, sie zum Schweigen zu bringen. Der alten Sabina jedoch gelang es – ob sie Magd, Großmutter oder Tante war, war mir nicht klar: mit zuckenden Lidern fragte sie vom Tischende her, von wem die Rede sei.

Man schrie ihr etwas zu. Daraufhin sagte sie scharf mit ihrer schrillen Stimme, das Haus auf dem Greppo sei offen, der Mann der Schneiderin beim Bahnhof habe Koffer abladen sehen. Von dem Jungen wisse sie nichts, aber Frauen seien bestimmt oben. An jenem Nachmittag gingen wir nach San Grato, auf den Hügelrücken hinter dem Dorf, wo uns der Vater, der von der Stunde der Siesta an auf den Gütern war, empfing. Seine Bauern waren damit beschäftigt, die Rebstockreihen mit Sulfat zu bespritzen; gebeugt, mit verkrusteten blaubekleckssten Blusen und Hosen gingen sie in der Hundstagshitze umher und pumpten das hellblaue Wasser aus dem Eisentornister. Die Weinblätter troffen, die Pumpen quietschten. Wir blieben oberhalb des großen Bottichs stehen; er war voll Wasser, einem unschuldigen, tiefen, undurchsichtigen: ein Himmelsauge, etwas wie ein kopfüber hineingestürzter Himmel. Ich sagte dem Vater, es sei doch seltsam, daß dieser giftige Tau auf die Trauben herabregnen müsse: die Strohhüte, die die Bauern trugen, waren völlig zerfressen. »Früher«, sagte ich zu ihm, »machten sie für die Trauben nicht so viele Bäder.« – »Es ist lange her«, sagte er und rief einem Jungen, der eine Flasche ins Gras stellte, etwas zu, »es ist lange her, wie sie es früher machten. Jetzt ist alles voller Krankheiten.« Er schaute zweifelnd zum Himmel. »Wenn nur kein Unwetter kommt«, brummte er. »Das wäscht die Reben, und man muß das Sulfat von neuem drauftun.«

Von oben riefen Oreste und Pieretto nach mir; sie waren unter einem Baum und vollführten da Sprünge. »Gehen Sie, gehen Sie Pflaumen essen«, sagte er zu mir. »Wenn die Vögel welche übriggelassen haben.«

Ich überquerte das versengte Stoppelfeld und erreichte sie auf der höchsten Kuppe. Es schien, als wäre man im Himmel. Uns zu Füßen lagen, klein geworden, die Piazza des Dorfes und ein Dschungel von Dächern, Treppchen und Schobern. Man bekam Lust, mit dem Blick von Hügel zu Hügel zu springen und alles zu umarmen. Ich sah nach der Morgenseite, wo die Hochebene zu Ende geht, und suchte jene Pinienwipfel. Das große Licht drang in den weiten Raum dort unten zwischen den Hängen, und der Horizont flimmerte. Ich mußte halb die Augen schließen und sah nichts mehr als feinen Staub.

Der Vater kam, über die Schollen springend, zu uns.

»Es ist ein herrliches Land«, sagte Pieretto mit vollem

Mund. »Du bist verrückt, Oreste, daß du nicht hier lebst.«
»Mein Gedanke war«, sagte der Vater und schaute Oreste an, »daß dieser junge Mann die Landwirtschaftsschule besuchen sollte. Es wird immer schwieriger, die Erde gut auszuwerten.«
»In meinem Dorf«, unterbrach ich ihn, »sagt man, ein Bauer verstehe mehr davon als ein Agronom.«
»Das ist ganz vernünftig«, sagte der Vater, »die Praxis kommt zuerst. Aber jetzt tut man alles mit der Chemie und dem Kunstdünger, und genausogut wie Medizin studieren, was ja den andern nützt, konnte er sich auch dazu entschließen, zu lernen, wie man seinen Grundbesitz auswertet.«
»Auch die Medizin ist eine Agrarwissenschaft«, sagte fröhlich Oreste. »Der gesunde Leib ist wie ein Feld, das Früchte trägt.«
»Wenn du aber nicht schlau bist, trägt es die Früchte bestimmt nicht für dich.«
»Gibt es viele Krankheiten am Rebstock?« fragte Pieretto.
Der Vater sah auf den Wirtschaftshof hinunter und ließ den Blick über die Reihen gleiten, aus denen die unschuldigen Wölkchen aufstiegen. »Und ob's welche gibt!« sagte er. »Der Boden wird immer schlechter. Es mag stimmen, was Ihr Freund sagt, daß das Land früher gesünder war; Tatsache ist, daß jetzt, wenn jemand sich einen Augenblick abwendet, das Unheil übermorgen schon da ist...«
Ich spürte, ohne es zu sehen, daß Pieretto grinste. »... Die Erde ist wie eine Frau«, fuhr der Vater fort. »Ihr seid junge Burschen, aber ihr werdet es erfahren, wenn es soweit ist. Alle Tage hat die Frau irgendwas: sie hat Kopfweh, Rük-

kenschmerzen, ihre Mondphasen. Na ja, es ist wohl die Auswirkung des Monats, der Mond, der auf- und untergeht...« Er blinzelte uns melancholisch zu.
Pieretto grinste schon wieder: »Du aber«, fuhr er mich heftig an, »was erzählst du, das Land wäre verändert. Das machen die Menschen. Die Pflüge machen es, die Sulfate, das Petroleum...«
»Versteht sich«, sagte Oreste.
Der Vater pflichtete ihm bei. »Es gibt nichts Geheimnisvolles auf dem Land«, sagte Pieretto. »Auch die Hacke ist ein wissenschaftliches Instrument.«
»Ich habe nie behauptet, daß die Erde verändert wäre«, rief ich. »Mein Gott«, fiel der Vater ein, »was die Hacke taugt, sieht man, wenn ein Feld einmal versumpft. Man erkennt es nicht wieder. Es sieht aus wie eine Wildnis.«
Jetzt war ich an der Reihe, Pieretto einen Blick zuzuwerfen. Ich sagte gar nichts und lachte. Dafür redete er. Er sagte: »Der Sumpf ist etwas anderes.«
»Als was?«
»Als diese Weinberge zum Beispiel. Hier herrscht der Mensch und dort unten die Kröte.«
»Aber Kröten und Nattern gibt es auf dem ganzen Land. Und Grillen«, sagte ich, »und Maulwürfe... Und die Pflanzen sind überall gleich. Bei Tag und bei Nacht. In einer Wildnis stecken die gleichen Wurzeln wie hier.«
Der Vater hörte uns nachdenklich zu. Dann drehte er sich plötzlich um und sagte: »Um zu sehen, was eine Wildnis ist, muß man in die Ländereien des Greppo gehen. Mein Gott, heute denke ich den ganzen Tag an jenen Jungen und an seinen Vater. Gewisse Dinge begreift man jetzt. Ein Gut, auf dem man, als der Großvater noch lebte, nur Öl und Salz gekauft hat. Schlimm, wenn man Land besitzt und nicht auf ihm lebt...«

XII

Jeden Tag gingen wir zu dem Tümpel hinunter, und morgens vor allem, auf dem Weg dorthin, wurde diskutiert und gelacht. Es war schön, unter bestimmten Hängen Wiesen anzutreffen, die noch feucht vom Tau waren; manchmal fühlte sich die Erde in der schon glühendheißen Vertiefung unter dem Rücken und den Beinen noch naß und nächtlich an. Jetzt kannten wir jeden Winkel im Buschwald, jeden Lichteinfall, jedes Geräusch oder Rascheln des Morgens. Es gab einen Augenblick in der Schwüle, wenn eine große weiße Wolke vorbeizog, daß das Wasser trübe wurde, die auf dem Kopf stehenden Bilder der Felswand, einer Blume, des Himmels auf dem Schatten viel intensiver hervortraten.

Jenes Bad war für uns jetzt fast eine lasterhafte Gewohnheit geworden, obwohl wir ja nun schon überall braun gebrannt waren. Am ersten Sonntag, als wir, statt hinunterzugehen, den Mittag vor der Kirche unter der festlichen Menge zubrachten und der Messe auf der Schwelle beiwohnten, beim Kommen und Gehen der Burschen, der Orgel- und Glockentöne, da vermißte ich es sehr, daß ich nicht nackt war, nicht die Last der Sonne auf mir, nicht den Boden unter mir spürte. Ich dachte an Dinge, die ich niemandem sagen konnte. Ich flüsterte Pieretto, der finster den Nacken von Oreste betrachtete, zu: »Stell dir doch mal die Leute hier vor – nackt in der Sonne wie wir!«

Er zuckte nicht mit der Wimper, und ich kehrte zu meinen Gedanken zurück. Mit Oreste hatte ich im Weinberg ein Gespräch gehabt (wir verbrachten die Nachmittage in San Grato, und Pieretto war an jenem Tag unterwegs): es ging darum, ob sich in den Ländereien noch ein Winkel, ein Ufer, eine Wildnis befinde, in die kein Mensch je den Fuß gesetzt habe, wo seit dem Ursprung der Zeiten Regen, Sonne, Jahreszeiten aufeinander folgten, ohne daß ein Mensch davon wußte. Oreste verneinte es. Es gäbe weder Schlucht noch Waldestiefe, die nicht die Hand oder das Auge des Menschen aufgestört hätten. Zumindest die Jäger, und früher auch die Banditen, seien überall schon gewesen.

Aber die Bauern, die Bauern, sagte ich. Die Jäger zählten nicht. Der Jäger führt das Leben seines Wildes. Ich wollte wissen, ob der Bauer als solcher überall hingekommen, ob die Erde überall mit der Hand berührt worden sei. Meinetwegen geschändet.

Oreste sagte: »Wer weiß...«, begriff es aber nicht. Er schüttelte den Kopf und sah mich mit dem verschmitzten Blick seiner Mutter an.

Wir hatten uns an den Rand des Weinberges gesetzt; wenn wir den Blick hoben, sahen wir die Rebschößlinge schwanken. Betrachtet man einen gegen den Himmel ansteigenden Weinberg von unten, so ist einem, als wäre man außerhalb der Welt. Zu Füßen hat man die kalkbestreuten Schollen, die gedrehten Stämme, und in den Augen die Reihen von grünen Girlanden, die gleichförmigen Stöcke, die hoch in den Himmel ragen. Man schnuppert und horcht.

»Der Fuhrmann, dem ich am Bahnhof begegnet bin«, sagte ich, »hat behauptet, Weinberge hätte es immer gegeben.«

»Möglich«, sagte Oreste, »als man die Reben mit Würsten aufband und unten die Milch vorbeifloß.«

»Und doch«, sagte ich, »sogar Städte hat es immer gegeben. Meinetwegen schmutzig, meinetwegen aus Stroh, drei Baracken, eine Grotte, aber Mensch: das heißt Stadt. Man muß zugeben, daß Pieretto recht hat.«

Oreste zuckte die Achseln. Das war seine Art, zu diskutieren, und sie war genausoviel wert wie jede andere.
»Wer weiß«, sagte er plötzlich, »wie lästig es ihm ist, wenn die Mutter um Mitternacht die Haustür verriegelt. Er, dem in der Nacht ganz Turin gehörte.«
»Ab und zu müssen wir nachts hinausgehen«, sagte ich. »Ich möchte sehen, wie sich die Hügel bei Mondschein ausnehmen. Gestern sah man schon die Sichel.«
»Am Meer haben wir im Mondschein gebadet«, sagte Oreste. »Du glaubst, du trinkst kalte Milch.«
Das hatten sie mir nie gesagt. Eine jähe Traurigkeit befiel mich. Ich fühlte mich verstoßen und war eifersüchtig.
»Die Zeit vergeht«, sagte ich, »diese Trauben werden nie reif. Wann gehen wir nach Turin zurück?«
Oreste mochte es nicht, wenn man davon sprach. Er sagte, was ich denn anderes wollte: ich aß, ich trank einen guten Wein, ich tat den ganzen Tag nichts...
»Das ist es gerade. Deine Mutter arbeitet. Alle arbeiten sie für uns.«
»Langweilst du dich?« fragte Oreste. »Bist du denn jemandem lästig? Tante Giustina mag dich gut leiden.«
(Ich hatte darauf bestanden, daß wir zur Messe gingen – aus Rücksicht auf die Familie, nur darum.)
»Gehn wir heute nicht noch zum Mulino?«
Wir gingen jeden Tag von unserer Anhöhe in die Talsenke hinab, in der der andere Hof lag; dort trieben wir uns auf der Tenne hinter dem Bauernhaus herum; der Vater tauchte in der Vorhalle mit den Bogengängen auf und bot uns zu trinken an. Aber das Schöne am Rossotto waren die Heumahd, die tiefen Kleewiesen, die Gänseherden. Gegen Abend spielten wir mit den Knechten Pale und Quinto ein bißchen Boccia, und Oreste hatte am Bahnhof zu tun.

»Da steckt doch was dahinter«, sagte Pieretto. »In Genua lief er täglich zum Briefkasten.«
Oreste lachte, wenn man ihn daraufhin ansprach, und schüttelte den Kopf, und das gleiche Lächeln setzte er auch auf, als wir an einem Haus mit blühenden Geranien – es lag an der Eisenbahn – vorbeikamen und er einen Gruß hineinrief, dem eine frische und heitere weibliche Stimme antwortete. Er sagte, wir sollten weitergehen, und verdrückte sich.
»Nun also«, sagte Pieretto, als Oreste in der Tenne auftauchte, »ist es die Tochter vom Stationsvorsteher?«
Oreste lachte wieder und sagte kein Wort. Aber es stand über dieser Senke vom Mulino so etwas wie ein günstiger Stern. Schon an der Kreuzung beim Bahnübergang, wo die Fuhrwerke anhielten und die Tiere ausgespannt wurden, kam einem ein anderer Wind, eine Liebenswürdigkeit besonderer Art entgegen: das Blumenbeet und die Häuschen vor dem Bahnhof sahen aus, als gehörten sie zur Peripherie einer Kleinstadt, in der an den Maiabenden die Mädchen in den Alleen umherspazieren und Wolken von Heuduft die Stadt durchziehen. Auch die Knechte vom Rossotto, hemdsärmelig und barfuß, spürten den Zauber der Eisenbahn und redeten von Bier und Radrennen.
Nicht Bier, sondern Wein tranken wir am Abend der Heumahd. Orestes Vater hatte uns gesagt: »Kommt vor dem Dunkelwerden herauf«, und hatte sich mit der Jacke über den Schultern an den Aufstieg gemacht. Am Bahnhof herrschte eine gewisse festliche Betriebsamkeit, und Oreste machte sich einer längeren Abwesenheit schuldig. Aus den Kellerräumen des Rossotto kam eine Flasche nach der anderen hervor. Es war ein Wein, der den Mund immer trockener machte. Wir drei tranken unter den Bo-

gengängen, die auf die Wiesen hinausführten. Mir wurde nicht klar, ob so viel Süße aus dem Wein in die Luft überging oder umgekehrt. Es schien, als tränke man den Duft des Heus.
»Es ist Erdbeerwein«, sagte Oreste. »Von meinen Vettern in Mombello.«
»Wir sind ja blöd«, sagte Pieretto, »da suchen wir Tag und Nacht das Geheimnis des Landes und haben das Geheimnis hier drin.«
Dann fragten wir uns, warum wir wohl, seit wir auf dem Land waren, keinen Rausch mehr gehabt hatten, während uns doch in Turin die Osteria recht gut gefiel.
»Wir müssen einmal nachts ausgehen«, sagte ich, »wir können uns doch nicht bei dir zu Hause betrinken.«
»Du hast's erraten«, sagte Oreste. »Jetzt sind wir ja bei uns zu Hause!«
Das Gespräch kam auf die Pferde.
Es gab da einen Einspänner, gerade recht für drei, und Oreste sagte, wir brauchten nur einzuspannen und könnten ganz früh aufbrechen.
»Laß uns zu meinen Vettern nach Mombello fahren«, sagte er. »Ich habe Lust, sie wiederzusehen. Das sind ordentliche Burschen. Wir brechen morgens auf und sind abends zurück.«
»Da kommen wir ums Baden«, brummte ich. »Heute morgen war ich ganz verzweifelt darüber.«
Pieretto brüllte: »Wer regt sich da auf! Ich hab's satt, dich nackt zu sehen.«
»Wer dabei verliert, bist du«, sagte ich.
»Du bist abscheulich«, schrie er. »Nur betrunken könnte ich es noch ertragen, dich zu sehen.«
Oreste füllte uns die Gläser.
»Jetzt weiß ich was«, sagte ich plötzlich, »was man nicht

tun kann: nackt in einem Wald stehen und sich mit Wein vollaufen lassen.«
»Warum nicht?« fragte Oreste.
»Nicht mal zusammen schlafen kann man im Wald. In einem Wald, einem richtigen Wald. Lieben und trinken, das sind anständige Dinge. Als ich im Boot fuhr...«
Pieretto unterbrach mich. »Du hast nie was kapiert.«
»Als du im Boot fuhrst...?« fragte Oreste.
»Hatte ich ein Mädchen bei mir, und die war zu haben. Sie wäre zu haben gewesen. Na ja – ich konnte nicht. Ich, ich konnte nicht. Ich meinte irgend etwas oder irgendwen zu verletzen.«
»Du hast eben keine Ahnung, was eine Frau ist«, sagte Pieretto.
»Aber nackt«, sagte Oreste, »im Tümpel, machst du mit?«
Ich versicherte, ich würde mitmachen; doch mir stockte der Atem. »Mir ist, als ob ich eine Sünde beginge«, gab ich zu. »Vielleicht ist es nur darum schön.«
Oreste nickte lächelnd. Ich merkte, wir waren betrunken.
»Der Beweis dafür ist«, sagte ich noch, »daß man so etwas heimlich tut.«
Pieretto sagte, es werde so vieles heimlich getan und sei darum noch keine Sünde, das sei eine Frage der Sitten und der guten Manieren. Sünde sei nur, wenn man das, was man tue, nicht begreife.
»Nimm Oreste«, sagte er. »Der geht Tag für Tag heimlich sein Mädchen besuchen. Zwei Schritte von hier. Sie tun nichts Schlimmes. Sie schwatzen im Garten, sie halten sich vielleicht bei der Hand. Sie fragt ihn, wann er den Doktor machen und sie ihn ganz für sich haben werde. Er antwortet ihr, das würde noch ein Jahr dauern, dann käme der Militärdienst, und schließlich müsse er eine Stelle als Ge-

meindearzt finden: drei Jahre, zufrieden? Und er schwänzelt und küßt sie auf die Flechten.«
Oreste war ganz rot geworden; er schüttelte den Kopf und griff nach der Flasche.
»Und du sagst, das wäre Sünde?« lenkte Pieretto ab. »Diese hübsche kleine Szene, dies Gesellschaftsspiel sei Sünde? Er könnte schließlich Vertrauen haben und mit uns davon sprechen. Er ist kein wahrer Freund. Sag uns was, Oreste, wenigstens den Namen, wenigstens den Namen.«
Oreste lächelte und war noch immer rot. »Ein andermal«, sagte er, »heute trinken wir.«

XIII

Aber ich wußte schon alles von Dina, die ich eines Tages auf der Terrasse traf, wo sie auf einem Schemel saß und nähte.
»Da heiratest du wohl bald?« fragte ich sie.
»Erst sind Sie dran«, gab sie zurück, »Sie als junger Mann...«
»Aber die jungen Männer lassen sich Zeit«, sagte ich, »sieh dir Oreste an, der gar nicht daran denkt.«
Nun folgte ein Wortgefecht, Schlag auf Schlag, und Dina machte sich über mein Erstaunen lustig, als sie mit leiser Stimme und etwas boshaft auspackte.
Sie sagte mir, Oreste spreche mit Cinta; die Eltern von Cinta wüßten es, aber hier im Hause wisse es niemand. Cinta sei die Tochter vom Bahnwärter und arbeite bei der Schneiderin; sie sei geschickt, sie mache sich ihre Kleider selbst und sei viel mit dem Rad unterwegs. Sie, Dina, wußte sogar, daß Oreste, weil Cintas Vater seinen Wein-

berg selbst bebaute, im Dorf so tun mußte, als sei es ihm nicht Ernst.

»Ist sie nett?« fragte ich. »Magst du sie leiden?«

Dina zuckte die Achseln. »Ich schon. Aber heiraten muß Oreste sie ja.«

Und Dina war es auch, die am Abend der Heumahd bemerkte, daß wir betrunken waren.

»Heute abend haben wir mit Oreste von Cinta gesprochen«, raunte ich ihr zu. Wir saßen auf den Stufen im Schein des Halbmonds. Und sie, mich mit großen Augen anblickend: »Habt ihr eine Flasche aufgemacht? Wie viele?«

»Woher weißt du das?«

»Beim Abendbrot haben Sie die ganze Zeit das Glas mit der Hand zugehalten.«

Ich überlegte mir, was für ein Typ Frau die kleine Dina einmal werden würde. Ich besah mir die Alten, Giustina, dann die anderen, die Mutter von Oreste; ich verglich sie mit den Mädchen im Dorf, die man bei der Arbeit sah, mit strammen Beinen, braungebrannt, mit breiten Gesichtern, aus gutem Blut. Es waren der Wind, der Hügel, das dicke Blut, was sie so hart und stämmig machte. Manchmal, während ich aß oder trank – Minestra, Fleisch, Peperoni, Brot –, fragte ich mich, was für eine Wirkung diese derbe und reichliche Nahrung, die in dieser Erde gezogenen Säfte – die gleichen, die der Wind mit sich trug – in meinem Blut haben würden. Und dennoch war Dina blond, klein, eine Wespe. Auch Cinta, dachte ich, war wohl zart und schlank, eine Weinrebe. Vielleicht ißt sie nur Brot und Pfirsiche.

Ein Gewitter kam, es peitschte das Land und riß die Straßen auf. Zum Glück gab es keinen Hagel. Es war an dem Morgen, als wir mit dem Einspänner fort wollten. Wir

Es war dunkel, als wir uns zum Essen an die glänzende, von Pinotta im Saal gedeckte Tafel setzten. Pinotta fürchtete Gabriellas Blicke und beeilte sich bei allem. »Die Tafel ist heilig«, hatte Gabriella gesagt. »Man soll, solange man kann, aus jedem Bissen ein Fest machen.« Sie verlangte auch Blumen, lose und anmutig über das Tischtuch verstreut. In Sandalen, doch frisch angezogen, kam sie herunter und sagte liebenswürdig: »Nehmt Platz.« Ich gab mir Mühe, Pierettos Manschetten nicht anzusehen.

Wir sprachen von Oreste, von seiner düsteren Stimmung in der Zeit, als Poli und er durch die Wälder streiften. Wir sprachen vom Leben in der Stadt und auf dem Land. Wir sprachen von Poli, als er ein Junge war, und von dem Bedürfnis nach Einsamkeit, das früher oder später jeden einmal überkommt. Gabriella plauderte von Reisen, von der Langeweile der großen Welt, von merkwürdigen Begegnungen in den Hotels im Gebirge. Sie war in Venedig geboren. Wir bekannten, daß wir nur Studenten waren.

Pinotta servierte die ganze Zeit über, so lautlos, als gehe sie barfuß. Irgendwo, wohl in der Küche, das merkte ich, mußte noch jemand anderes sein, eine Köchin, die wahre Padrona des Hauses. Ich betrachtete die Blumen, das schlohweiße Tischtuch, verschlang geräuschlos mein Essen, behielt Gabriella im Auge. Noch faßte ich es nicht ganz, daß ich hier war, daß sich ein solches Haus wie eine Insel über jenem Bauernland erhob. Ich dachte noch immer an die bunten Papiergirlanden über dem Kamin bei Oreste und die gelbe Mohrenhirse auf der Tenne, an die Weinberge und die Gesichter unter den Türen. Gabriella aß gelangweilt. Poli saß über seinen Teller gebeugt, und wir hörten Pieretto zu, der immerzu von seiner Neigung zu nächtlichem Bummeln erzählte. Ich beobachtete Gabriella und fragte mich, ob Oreste es nicht richtiger geblieben im Haus, bald an dem einen, bald am andern Fenster, zwischen Frauen und Kindern, die hin und her liefen und wimmerten, wenn es blitzte. Der Vater hatte sich die Stiefel angezogen und war sofort hinausgegangen. Das knisternde Reisig im Ofen warf in die Küche einen rötlichen Schein, und dessen phantastische Reflexe wanderten über die bunten Papiergirlanden an der Wand, über die Kupferkessel, die Drucke der Madonna und den Ölbaumzweig. Aus den Stücken Kaninchenfleisch auf dem blutigen Hackbrett stieg ein Geruch von Basilikum und Knoblauch auf. Die Scheiben klirrten. Oben schrie jemand, man solle die Fenster festhaken. »Und Giustina ist draußen!« schrien sie auf der Treppe. »Na«, hörte ich die Stimme der Mutter, »die findet immer einen Unterschlupf.«

In den wolkenbruchartigen Regen kam ein Augenblick merkwürdiger Abgeschiedenheit, fast des Friedens und der Stille. Ich blieb unter der Treppe stehen, wo von dem blind gewordenen Glasdach Tropfen und Wassergeruch herabwehten. Man hörte die gleichsam feste Masse des Wassers fallen und rauschen. Ich stellte mir die rauchenden, überschwemmten Felder vor, den wogenden Tümpel, die aufgedeckten Wurzeln, die am eifersüchtigsten versteckten Schluchten der Erde, die von dem heftigen Regen durchdrungen und verletzt waren.

So plötzlich wie es angefangen hatte, hörte es auf. Als wir mit Dina und den anderen auf die Terrasse traten – überall im Dorf hörte man laute Stimmen –, hatte der von Blättern übersäte Beton schon trockene Stellen. Ein brausender Talwind wehte, die Wolken jagten. Das Meer der Hügel, fast schwarz, unregelmäßig mit weißlichen Kreideschichten durchzogen, schien näher als sonst. Aber nicht die Wolken, nicht der Horizont erstaunten mich. Ein toller

Geruch nach Fäulnis, Laub, zerfetzten Blumen, ein herber, fast salziger Hauch wie von Blitz und Wurzeln fiel über mich her. Pieretto sagte: »Wie köstlich!« Sogar Oreste atmete tief und lachte.

An jenem Morgen gingen wir nicht zum Tümpel, sondern der Vater rief uns nach San Grato, damit wir die Schäden sähen. Da oben waren Obstpflanzungen verheert, Ziegel zerbrochen. Zusammen mit den Kindern holten wir aus dem Schlamm in großen Körben verschmutzte Äpfel und Pfirsiche. Wir richteten zu Boden gerissene Rebschößlinge wieder auf. Es war schön, zu sehen, wie auf den zerborstenen Schollen des Weinbergs winzige Blümchen sich unter der Sonne wieder zierlich und wunderbar aufrichteten. Auch dies brachte das schwere Blut der Erde zustande. Alle sagten, die Wälder würden bald voller Pilze sein.

Wir gingen nicht auf Pilzsuche. Statt dessen fuhren wir am folgenden Tag zu den Vettern Orestes. Vom Bahnhof aus zog uns das Pferdchen auf einem Querweg unterhalb eines sich nur wenig erhebenden Höhenrückens von Mohrenhirse zu Mohrenhirse, dann ein paar Wäldchen und wieder Mohrenhirse. Die Morgensonne hatte bereits Wunder vollbracht. Ohne die holprige Rauheit der Straße und ohne den Geruch, den der Wind herbeitrug, hätte niemand das Unwetter des vorigen Tages für möglich gehalten. Wir fuhren zwischen den kaum merkbar ansteigenden Feldern dahin, bald im lichten Schatten der Akazien, bald beiderseits von Schilfrohren eingeengt.

Der Hof lag am Ende der Hochebene zwischen niedrigen Hügeln, ganz verloren zwischen Röhricht und Eichen. Beim Näherkommen wandte ich mich immer wieder um, denn kurz ehe wir aus einem Engpaß großer Steinblöcke kamen, hatte Oreste, zum Horizont deutend, gesagt:

»Dort ist der Greppo!« Dicht über den zum Himmel aufsteigenden Rebstöcken sah ich einen mächtigen waldigen Hang, dunkel von Feuchtigkeit. Er schien unbewohnt, weder ein Feld noch ein Dach.
»Das soll das Gut sein?« murmelte ich.
»Die Villa ist auf dem Gipfel, hinter den Bäumen versteckt. Von dort aus sieht man die Dörfer in der Ebene.«
Eine Senke genügte, um den Greppo verschwinden zu lassen; noch während ich zwischen den Bäumen hindurch nach ihm spähte, kamen wir auf dem Hof an.
Zuerst konnte ich Orestes Begeisterung für die beiden Vettern nicht recht begreifen. Es waren stattliche Männer, einer sogar schon leicht ergraut, in karierten Hemden und Drillichhosen, mit behaarten, grobschlächtigen Händen, sie kamen auf den Hof heraus und hielten, ohne über unsere Ankunft erstaunt zu sein, das Pferd.
»Ach, Oreste«, sagten sie.
»Davide! Cinto!« rief Oreste und schwang sich zu Boden.
Drei Jagdhunde rannten auf uns zu, sie fletschten leicht die Zähne und umsprangen Oreste. Der große Hof hatte braune, fast rötliche Erde wie die Weinberge, die wir durchfahren hatten. Das Haus war aus Stein, durch irgendwelche Spalierreben wie mit Grünspan getönt. Ein Fenster zu ebener Erde, hohl und schwarz. Zuerst wurde das Pferd in den Schatten geführt, unter die Eichen; dort konnte es stampfen und ausruhen.
»Alles Mediziner?« fragte aufschauend Davide.
Oreste erklärte ihm auf herzliche Art, wer wir waren.
»Gehn wir ins Kühle«, sagte Cinto und ging aufs Haus zu.
Als sich der Tag neigte, tranken wir noch immer, und der August hat lange Tage. Von Zeit zu Zeit erhob sich einer

der beiden, verschwand in einer Grotte und kam mit einem noch dunkleren Schoppen wieder heraus. Schließlich gingen auch wir in den Keller, dort füllte Davide uns das beschlagene Glas am Faß, wobei er das Mastixharz durchstieß und jedesmal wieder mit dem Finger verschloß.

Aber das war am Nachmittag. In der Zwischenzeit waren wir durch Haus und Weinberge gegangen, hatten das Mahl aus Polenta, Salami und Melonen zu uns genommen und im Dämmer flüchtig ein paar Frauen und Kinder gesehen. Das Zimmer war niedrig, ländlich wie ein Stall; wenn man hinaustrat, sah man Schwärme von Staren aus den Feldern aufsteigen, in denen wie Punkte Eichen standen.

Neben dem Stall war ein Ziehbrunnen, und Davide zog einen Eimer mit Wasser herauf, warf die weißen Trauben hinein und bot sie uns an. Pieretto, der auf einem Holzklotz saß, lachte wie ein Kind; er redete immer mit vollem Mund. Cinto, der jüngere der beiden, ging immer rund um den Brunnen, hörte den Gesprächen zu und betrachtete wohlgefällig das Pferd.

Wir sprachen an jenem Tag über allerlei; das heißt, über die Ernten, die Jagd, das Gewitter, den Verlauf des Jahres.

»Im Winter werdet ihr hier abgeschnitten sein«, hatte ich gesagt. »Ihr liegt tief.«

»Wenn es nötig ist, gehen wir nach oben«, sagte Davide.

Oreste sagte: »Du weißt nicht, daß der Winter ihre Jahreszeit ist. Weißt du, wie schön es ist, im Schnee auf die Jagd zu gehen?«

»Was das anlangt, so ist das ganze Jahr schön«, fügte Davide hinzu. »Man muß nur den Tag richtig anfassen.«

Es war, als hätten das die Hunde verstanden. Sie waren aufgesprungen und sahen uns erwartungsvoll an.

»Hier kontrolliert euch gewiß keiner«, sagte Pieretto. »Wer weiß, wie viele Hasen ihr im August umlegt.«
»Sagt das nur Cinto«, lachte Davide, »sagt das Cinto, der auf Fasane schießt.«
Da hob Oreste den Kopf, als schnupperte er. »Gibt es in den Coste noch immer Fasane?«
Er sah erst Cinto an und dann Davide. »Wißt ihr, daß man auf Poli vom Greppo geschossen hat, als wäre er ein Fasan?«
Ruhig hörten die beiden zu, und während Oreste voll Eifer erzählte, schenkte ihm Davide zu trinken ein. Mir fiel beim Zuhören auf, daß die Geschichte, die ja nun schon alt war, unwahrscheinlich klang, sie paßte nicht her. Was hatte sie mit jenem Wein, jener Erde, jenen beiden gemeinsam?
Als Oreste fertig war, sah er die Brüder und uns an. »Du hast nicht gesagt, daß er Kokain nimmt«, ergänzte Pieretto.
»Na ja«, sagte Oreste, »er ist wahrscheinlich nicht mehr ganz richtig im Kopf.«
»Der wird schon wissen, was er tut«, sagte Davide. »Ein Glück, daß er wieder auf den Beinen ist.«
»Wir wissen nicht, ob er auf den Greppo zurückgekommen ist«, sagte Oreste.
»Er ist dort«, sagte Cinto ruhig. »Sie gehen nach Due Ponti einkaufen.«
»Und was sagt der Aufseher?« fragte Oreste betroffen.
Cinto grinste vor sich hin. Da sagte Davide für ihn: »Es gab Streit um Röhricht. Bei so viel Federvieh, das wir ihm umgelegt haben, hält der sich noch ans Röhricht. Aber du weißt, wie er ist... Es wird nicht davon gesprochen.«

XIV

Der Mond stand am Himmel, als wir in der kühlen Abendluft aufbrachen. Es tat uns leid, jene Insel, jenes weite rote Land, die mageren, dunklen Weinreben unter den Eichen zu verlassen.

»Fahren wir, bevor es Nacht wird«, sagte Oreste.

Das Pferdchen lief los wie ein Jagdhund. Als es unter einem Apfelbaum durchkam, hob Pieretto die Hand, und es hagelte auf uns nieder. »Hei!« schrien wir und schnalzten mit der Zunge.

»Hast du je so viel Wein getrunken«, sagte Pieretto, »und ihn so gut vertragen?« – »Wenn man im Freien trinkt, dort, wo er wächst«, sagte Oreste, »kann man sich gar nicht betrinken.«

Dann zwinkerten sie einander zu und wandten sich an mich: »Was sagst du dazu? Wo du doch auf dem Land nicht trinken und mit keiner schlafen willst?«

Ich scheuchte die Frage weg, wie man eine Fliege wegscheucht. »Die beiden gefallen mir«, sagte ich in den Fahrtwind.

Da sprachen wir von Davide und Cinto, von dem Wein, von den Trauben im Eimer, davon, wie schön ein so natürliches Leben ist.

»Großartig ist«, sagte Pieretto, »wie sie die Frauen halten. Wir draußen trinken und erzählen uns was, und die samt den Würmchen in der Küche, damit sie uns nicht die Laune verderben.«

Die Sonne fiel schräg in die Reben und holte aus jeder Scholle und jedem Stamm eine satte Röte und tiefe Schatten heraus.

»Und inzwischen arbeiten sie«, sagte ich. »Diese Erde schaffen sie.«

»Oreste, du bist ein blöder Kerl«, sagte Pieretto. »Was soll Turin? Was der Anatomiesaal? Heirate du das gewisse Mädchen und bebaue in Frieden dein Land...«
Oreste, die Augen auf den Nacken des Pferdes gerichtet und mit dem Kinn der Kurve des Weges folgend, sagte ruhig: »Wer sagt dir, daß ich das nicht tun will? Laß mir Zeit.«
»Was ihr für Leute seid...« stellte ich fest, »Väter habt ihr... Der eine will einen Mönch, der andere einen Landwirt. Ihr wollt nichts davon wissen und bringt sie zur Verzweiflung; und dann endet ihr, du, Pieretto, als Atheist, aber Mönch, und du, Oreste, als Landarzt.«
Pieretto lächelte vergnügt. »Einem Vater muß man immer ein bißchen helfen«, sagte er. »Man muß ihm beibringen, daß das Leben schwer ist. Wenn du dann, wie es recht ist, dort anlangst, wo er dich haben wollte, mußt du ihn davon überzeugen, daß er unrecht hatte und daß du es nur zu seinem Wohl getan hast.«
»Wirst du«, fragte ich Oreste, »das Mädchen wirklich heiraten?«
»Er sagt es nicht, er sagt es nicht«, rief Pieretto. »Er hat die Ausrede, wir wären betrunken.«
Schön war der Mond, der zwischen Weiß und Gelb im Abend stand, und ich stellte mir seinen nächtlichen Strahl auf der unermeßlichen Landschaft vor, auf der Erde, auf den Hecken. Ich dachte wieder an den Hang des Greppo: er verschwand gerade in der klaren Luft hinter uns.
»Waren das dort die Coste?« wollte ich gerade fragen, doch im selben Augenblick sprach Oreste.
»Sie heißt Giacinta«, sagte er, ohne uns anzublicken. Dann, schreiend und die Peitsche schwingend: »Guter Gott, in diesem Jahr verliere ich noch den Verstand!«
Die Nacht zuvor hatten er und Pieretto nicht schlafen

können und hatten angefangen, sich wieder einmal vom Strandleben zu erzählen. Oreste hatte gesagt, die niedrigen Hügel, zwischen denen wir jetzt dahinfuhren, wären ihm von Kind auf wie ein Meereshorizont erschienen – ein geheimnisvolles Meer mit Inseln und Fernen, in das er, so phantasierte er, von der Höhe der Terrasse hinabtauchte. »Damals hatte ich große Lust, mich aufzumachen, den Zug zu nehmen, etwas zu sehen, etwas zu tun. Jetzt fühle ich mich wohl hier. Ich weiß nicht einmal, ob mir das Meer überhaupt gefällt.«

»Immerhin hast du es dir dort wohl sein lassen«, sagte Pieretto.

Singend kamen wir heim und hatten, nach dem letzten Stück zu Fuß, die Absicht, noch weiter zu trinken. So etwas verstehen die Frauen, und sie stellten uns auf die Terrasse ein Tischchen und eine Flasche. »Ja, ja«, sagte die Mutter, »macht eine Mondkur. Was hat der Mond nicht schon alles mit angehört.«

Windstill war es, das Dorf schlief, nur die Hunde bellten irgendwo. Es war die Nacht von Oreste, er erzählte alles von Giacinta. Als der Mond unterging und der Hahn krähte, sagte Pieretto: »Verdammter Hund! Du hast auch mir Lust gemacht.«

Der folgende Tag war ein Sonntag. Wie die Wochen vergingen! Wir bummelten wieder über die Piazza inmitten der komischen Männer und verschleierten Mädchen, die uns die mächtige Sonne und den Tümpel in Erinnerung brachten. So, in den Himmel sehend, nahmen wir an der Messe teil. Ich fragte mich, ob die zwei schweigsamen Vettern in Mombello Leute wären, die Feste zu feiern wüßten, ob sie ihr Leben – die Tenne, die Erde, die Grotte mit dem Wein – je unterbrechen würden, um sich unter die anderen Menschen zu mischen. Ihr Fest war die Jagd, das geduldige Warten, die Einsamkeit der Dämmerungen. Als sich die Kirche leerte, besah ich mir die Köpfe, einen nach dem anderen: ob ich hier noch einen solchen Blick, noch einen so verschlossenen, ruhigen und zugleich wilden Ausdruck finden würde? Dann kamen unsere Frauen heraus. Giustina musterte uns höchst begierig, zog die Kinder mit und begann das Streitgespräch.

Sie wollte wissen, warum wir eigentlich zur Messe kämen, wenn wir draußen vor der Kirche blieben, wo wir ja gar nichts hören könnten.

»Was heißt hier ›draußen bleiben‹?« sagte Oreste.

Pieretto drückte es weit deutlicher aus. Er setzte auseinander, die ganze Welt wäre ein Gotteshaus und sogar Sankt Franziskus wäre im Wald niedergekniet.

»Sankt Franziskus war ein Heiliger«, knurrte Giustina, »er glaubte an Gott.«

In die Kirche, sagte Pieretto, gingen nur die, die nicht an Gott glaubten. »Sie werden doch nicht behaupten, der Erzpriester glaube an Gott«, meinte er. »Mit diesem Gesicht!«

Um uns herum wurde von bevorstehenden Festen und Jahrmärkten gesprochen, denn Mitte August ist eine Zeit, in der man hier zwischen Korn- und Weinernte aufatmen kann: die Bauern machen sich auf, verhandeln, vergnügen sich und lassen einmal alles stehen und liegen. Überall gab es Feste, man sprach davon, man wolle hingehen.

»Der Kultus«, sagte Giustina, »der Kultus... Wenn man die Diener am Kultus nicht respektiert, ist man weder ein Christ noch ein Italiener.«

»Religion«, sagte Orestes Vater, »bedeutet nicht nur Kirchgang. Die Religion ist eine schwierige Sache. Es handelt sich dabei auch darum, die Kinder aufzuziehen, die Familie zu ernähren, mit allen in Eintracht zu leben...«

Giustina wandte sich an Pieretto: »Nun, sagen doch Sie uns«, kreischte sie, »was ist Religion?«
»Religion«, sagte Pieretto und blieb stehen, »Religion, das heißt begreifen, wie alles zugeht. Dazu hilft das Weihwasser nicht. Man muß mit den Leuten reden, sie begreifen, wissen, was jeder will. Alle wollen etwas im Leben, sie wollen etwas tun, was sie nie so richtig tun können. Nun, für jeden ist in diesem Wollen Gott. Es genügt, wenn man begreift und begreifen will...«
»Und wenn du tot bist«, sagte Oreste, »was hast du dann begriffen?«
»Du verfluchter Totengräber«, sagte Pieretto. »Wenn man tot ist, will man gar nichts mehr.«
So ging es bei Tisch weiter und danach auch noch. Pieretto sagte, er akzeptiere die Heiligen, ja, es gebe überhaupt nur Heilige, denn jeder sei in seinem Wollen so etwas wie ein Heiliger und würde, ließe man ihn nur gewähren, Früchte bringen. Statt dessen hätten sich die Priester an irgendeinen berühmteren Heiligen geklammert und sagten: ›man muß es so machen wie er – durch ihn wird man erlöst‹, und bedächten gar nicht, daß auf der Welt keine zwei Wassertropfen einander gleich und kein Tag wie der andere sei.
Giustina war nunmehr verstummt; sie warf ihm nur Blicke zu. Um vier Uhr saßen wir auf der Terrasse und tranken Kaffee, während vom Meer der Landschaft gedämpfte Stimmen, ein Rauschen und kurze Windstöße heraufkamen. Von dem Schatten aus, in dem wir saßen, sah man die Talhänge, so etwas wie die mächtigen Flanken ruhender Kühe. Jeder Hügel war eine Welt einander ablösender Bereiche: Hänge und Ebenen, Weinberge, Felder, Waldungen. Da waren Häuser, Schöpfe von Bäumen, Horizonte. Solange man auch schaute, immer war noch etwas zu entdecken – ein ungewöhnlicher Baum, die Windung

eines Pfades, eine Tenne, eine Farbe, die man noch nicht gesehen hatte. Die im Westen stehende Sonne hob jede Einzelheit hervor, und auch der seltsame Meeresarm, die verschwimmende Wolke des Greppo reizte uns mehr als sonst. Wir mußten unbedingt anderntags hinfahren, im Einspänner, und bis es Nacht wurde, war uns jedes Gespräch willkommen.

XV

Auch der Hügel des Greppo war eine Welt. Man erreichte ihn über die Coste, über Senken und einsame Halden, über das Land mit den Eichen hinaus. Als wir am Fuß des Hanges anlangten, standen oben auf dem Grat die dunklen Bäume scharf gegen den noch vom Sonnenlicht erfüllten Himmel. An einer Biegung auf halber Höhe zeigte uns Oreste auf der Strecke, die wir zurückgelegt hatten, bis wohin sich Polis Landbesitz ausdehnte. Wir waren abgestiegen, das Gespann kam auf einer Straße, die viel breiter war als der bisherige Pfad, im Schritt hinter uns her. Diese breite, noch stellenweise asphaltierte Straße war in die wilden, von Brombeerdickicht und Baumstämmen überwucherten Hänge hineingeschnitten, die, ganz aus Tuff, steil abfielen. Am meisten erstaunte uns aber das Durcheinander und die Verlassenheit: auf ein paar verödete, grasüberwachsene Weinberge folgte im Wald ein Gedränge von Obstbäumen, schlingpflanzenüberwucherten Feigen- und Kirschbäumen, Weiden und Akazien, Platanen, Holunder. Wo der Aufstieg begann, war ein Wald großer, dunkler Hainbuchen und Pappeln, fast kalt; dann, als wir wieder in die Sonne hinaustraten, verlor die Vegetation ihre Schwere, doch in die vertrauten Gewächsarten mischten sich ungewöhnliche Pflanzen, wie Oleander, Magnolien, einige Zypressen und merkwürdige Bäume, wie ich sie nie gesehen hatte, in einer Willkür, die den gelegentlich auftauchenden Lichtungen das Aussehen fremdartiger Einöden verlieh.

»Hat dein Vater das hier gemeint?« fragte ich Oreste.

Er erwiderte mir, das eigentliche, unbestellte Gelände, die waldige, pflügbare Ebene, wo alle ihre Weiden hatten und sich nach Belieben Holz holten, läge schon hinter uns. »Man hatte vor, dies zum Reservat zu machen. Du siehst, was für eine Straße man hier eingeschnitten hat. Zur Zeit von Polis Großvater kamen ganze Scharen von Herren hierher. Doch damals war die Ebene bestellt, und der Alte streifte Tag und Nacht mit Gewehr und Reitpeitsche umher. Mein Vater hat ihn gekannt. Er war von hier unten.«

Plötzlich schlug mir aus der Luft ein bestimmter Geruch entgegen, ein Gemisch von versengten pflanzlichen Stoffen, von Erde und Sonne und vom glühenden Hauch des Asphalts. Es war ein Geruch, der etwas von Autos an sich hatte, von Flucht, von Küstenstraßen und Gärten am Meer. Von einer Böschung über der Straße hingen blasse Kürbisse herab – ich erkannte sie an den schaufelartigen Blättern als Feigenkakteen.

Wir kamen an den Sträuchern heraus auf den Gipfel, und hier wurde der Buschwald zum richtigen Park, einem Pinienhain, der die Villa umschloß. Unter den Füßen hatten wir jetzt Kies, und durch die Stämme hindurch sah man den Himmel.

»Es wirkt wie eine Insel«, sagte Pieretto.

»Ein natürlicher Wolkenkratzer«, fügte ich hinzu.

»So wie es ist«, sagte Oreste, »taugt es für niemanden etwas. Gut würde sich hier eine Klinik machen, eine moderne Klinik mit allen Anlagen. Zwei Schritt von zu Hause, was meinst du dazu?«

»Der Geruch nach Totem ist schon da!« sagte Pieretto.

Die Fäulnis stieg aus einem teichartigen Becken hoch, das etwa zehn Meter breit und ebenso lang war; in der Mitte ein paar Felsbrocken, das grüne, stagnierende Wasser mit kleinen weißen Blüten übersät.

»Ein Schwimmbassin hast du auch«, sagte ich zu Oreste. »Du wirfst die Toten hinein und bekommst sie lebendig zurück.«

Zwischen den Pinien schimmerte das Weiß des Hauses.

»Hier machen wir halt«, sagte Oreste. »Ich gehe und kundschafte aus.«

Wir blieben mit dem Pferd zurück, und ich schaute schweigend in den seltsamen Himmel zwischen den Stämmen. Meine Hoffnung war, Poli wäre nicht da, niemand wäre da, und wir könnten nach einem Rundgang durch den Park wieder nach Hause zurückkehren. Der Geruch aus dem Becken hatte mich an den Tümpel erinnert und mich mit Sehnsucht nach vertrautem Land erfüllt. Höchstens hätte ich beim Abstieg gern noch einen Blick in den Wald geworfen, der in seiner wilden Verlassenheit etwas Schönes hatte.

»Wen suchen Sie?« fragte eine klare Stimme.

Ein blondes Mädchen mit harten Augen, in weißer Bluse und Shorts, war lautlos zwischen den Stämmen hervorgekommen.

Wir sahen uns an. An der Stimme erkannte man die Herrin des Hauses. In jenem Augenblick erschienen mir Pferd und Einspänner recht lächerlich.

»Wir suchen Poli«, sagte Pieretto mit einem Lächeln. »Wir sind…«

»Poli?« Die Frau hob fast beleidigt die Brauen. Um nicht

auf ihre Beine schauen zu müssen, blickte ich zur Seite. Jedenfalls kam ich mir recht bäurisch vor.
»Wir sind Freunde von Poli«, sagte Pieretto. »Wir haben ihn in Turin kennengelernt. Sagen Sie uns, wie geht es ihm?«
Nicht einmal das gefiel der jungen Frau; sie verzog ihr Gesicht zu einem indignierten Lächeln und betrachtete uns mit Ungeduld.
In jenem Augenblick stürmte Oreste aus der Allee und rief aufgeregt: »Poli ist da und seine Frau. Wer hätte gedacht, daß er eine Frau hat...«
Er entdeckte die Signora und blieb stehen.
»Hast du ihn gefunden?« fragte Pieretto ruhig.
Oreste, rot geworden, stammelte, der Gärtner sei ihn suchen gegangen. Er sah von uns auf die Frau. Er zögerte.
»Wir unterhalten uns gerade«, sagte Pieretto.
Auf einmal schien die Blonde versöhnt. Sie war alles andere als zurückhaltend. »Die Freunde meines Mannes sind auch die meinen«, sagte sie lachend. »Da kommt Poli schon.«
Ich habe später oft an jene Begegnung gedacht, an Orestes Rotwerden, an die Tage, die dann dort oben folgten. Damals kam mir sofort das Mädchen Giacinta in den Sinn, warum, weiß ich nicht, Giacinta war ja braun. Auch die Vorstellung, dieser Poli habe eine Frau, verwirrte mich irgendwie. Unsere ganze Vergangenheit mit ihm wurde dadurch zu etwas Verbotenem, zu einem Hemmnis. Wovon konnten wir noch reden? Wir durften ihn nicht einmal fragen, wie es seinem Vater ginge.
Doch Poli empfing uns mit der ihm eigenen übertriebenen Herzlichkeit, die ein wenig absurd wirkte. Er schien nicht sehr verändert, er war etwas dick, der Blick sanft

und kindlich. Er trug das kurze Hemd über der Hose und ein Kettchen um den Hals. Sofort sagte er uns, wir müßten dableiben, müßten Tag und Nacht mit ihm zusammen sein und ihm mit langen Gesprächen wohltun.

»Aber bist du nicht im Honigmond?« fragte Pieretto.

Die Eheleute sahen einander an und dann uns. Poli lächelte amüsiert.

»Vom Honig kriegt er Nesselfieber«, sagte die Frau mißmutig. »Das ist vorbei. Wir sind hier, um uns zu langweilen. Ich leiste ihm Gesellschaft und machte ein bißchen die Krankenschwester.«

»Die Wunde müßte geheilt sein«, sagte Oreste. Pieretto lächelte.

Da begriff Oreste, biß sich auf die Lippe und stammelte: »Ein toller Mann ist dein Vater. Nur hast du ihm weiße Haare gemacht...«

Die Frau sagte: »Ihr werdet Durst haben. Führ sie hinein, Poli. Ich komme gleich.«

So fuhr Poli in dem hohen Saal mit den Glastüren, den vielen Gardinen und Polstersesseln fort, uns zu feiern und vor Freude zu seufzen; auf Pierettos Frage, ob seine Frau auf dem laufenden sei, sagte er mit aller Einfachheit ja. »Es gab eine Zeit, da ich mit Gabriella alles besprach. Sie hat mir sehr geholfen, das arme Mädchen. Wir sind zusammen wie die Verrückten durch die Welt gezogen. Dann hat uns das Leben auseinandergebracht. Aber diesmal sind wir übereingekommen, den Sommer miteinander zu verbringen wie die Kinder, die wir einmal waren. Wir haben gemeinsame Erinnerungen...«

Pieretto hörte ihm mit auffallender Höflichkeit zu. Nur Oreste konnte nicht an sich halten, er platzte los: »Aber was machtest du in Turin, wenn du verheiratet warst?«

Poli sah ihn unangenehm berührt, fast ängstlich an. Er

sagte nur: »Man tut nicht immer, was die anderen möchten.«
Gabriella gesellte sich wieder zu uns und öffnete die Hausbar – sie war innen mit Glas ausgelegt und wurde beim Öffnen festlich hell. Wir sprachen vom Greppo. Ich sagte, ich fände es hier oben sehr schön und verstände gut, wie man hier leben und im Wald umherstreifen könnte.
»Ja, das kann einem Spaß machen«, sagte sie.
»Was tut ihr so von morgens bis abends?« fragte Pieretto.
Gabriella mit ihren nackten Beinen räkelte sich im Sessel. »Man liegt in der Sonne, man schläft, man macht Gymnastik... sieht keinen Menschen...« Ich konnte mich an jenes undurchschaubare, gebräunte, etwas boshafte Gesicht nicht gewöhnen. Sie war sehr jung, sicher jünger als Poli, hatte aber von Zeit zu Zeit einen etwas heiseren Ton in der Stimme, der mich betroffen machte. Ist es das Trinken, dachte ich, oder ist es alles zusammen?
»Wir essen jetzt nur kalt«, sagte sie lachend zu uns, »Marmelade, Zwieback. Die Hauptmahlzeit ist heute abend.«
Wir erhoben Einspruch: man erwarte uns zu Hause; das Pferd warte; wir müßten vor Dunkelwerden zurück sein.
Poli überlegte, die Sache paßte ihm nicht. Er sagte zu Pieretto, für ihn sei es ein Fest, uns bei sich zu haben, und er hätte uns so viel zu erzählen. Zu seiner Frau sagte er, sie solle uns die Zimmer im oberen Stock herrichten lassen.
Wir redeten hin und her, blieben aber trotz aller Späße bei unserem Entschluß. Mir war es lästig, daß man so in uns drang, ich blickte heimlich auf Oreste und dachte an

die Heimfahrt, an das Fenster, das am Bahnhof auf ihn wartete, an die Dämmerung. Poli sagte: »Ist euch euer Zuhause denn so wichtig? Warum geht ihr so mit mir um?«
Gabriella hob liebenswürdig das Glas, betrachtete es leicht betrübt und sagte: »Habt ihr für die Hühner und die Dorfbälle so viel übrig?«
Da lachte auch Poli. Wir machten aus, wir würden am nächsten Tag zurückkehren, um dann länger zu bleiben.

XVI

Wir brauchten zwei Tage, bis wir Orestes Familie so weit brachten, daß sie uns wieder nach oben zurückkehren ließ. »Geht es euch bei uns hier nicht gut?« fragte der Vater. Die Frauen hielten – mit finsteren Gesichtern – bei Tisch Familienrat. Nur die Nachricht, daß Poli verheiratet sei, besänftigte die Mutter, und nun kreisten die Gespräche um den neuen Aspekt, den Polis Abenteuer annahm. Man fragte uns, ob die Frau nicht, wie es sich gehöre, vom Schmerz ganz aufgelöst und zugleich fest entschlossen sei, nicht lockerzulassen.
»Sie pfeift darauf. Sie liegt in der Sonne«, sagte Oreste.
»So geht es, wenn man getrennt voneinander lebt.«
»Aber wenn zwei sich trennen«, sagte der Vater, »dann ist da schon etwas faul.«
Oreste, dem es lästig wurde, sagte abschließend, an allem sei das Geld schuld. »Wenn du nicht zuviel Geld hast, dann studierst oder arbeitest du und hast keine Zeit für Grillen. Also, gehen wir oder gehen wir nicht?«
Wir fuhren im Einspänner los, und noch stand es nicht fest, ob Oreste mit uns oben bleiben würde. An jenem ersten Nachmittag beim Abschiednehmen hatte Gabriella

gesagt, es sei schade, daß man uns nicht im Wagen abholen könne, worauf Poli ganz ruhig ergänzte, sein Vater habe ihn beschlagnahmt, damit ihm nichts passiere und er sich richtig ausruhe. Wir fuhren wieder durch das Land, an dem Eichenwäldchen, den verwilderten Hecken vorbei. Ich sah die Hainbuchen, den Wald am Hügelrücken wieder. Es war Morgen, alles funkelte und tropfte. Der mächtige, mit Strauchwerk bewachsene Hügel lebte um uns her sein wildes, einsames Leben, von Bienen durchsummt wie ein Berg aus anderen Zeiten. Ich suchte mit den Augen die verlassenen Lichtungen. Pieretto fand es unwürdig, daß ein ganzer Hügel einem einzigen Menschen gehöre wie zu Zeiten, da eine einzige Familie den Namen eines ganzen Dorfes trug. Vögel schwirrten umher. »Gehören auch sie der Erde an?« murmelte ich.

Auf der Fläche unter den Pinien stießen wir auf Neues: Liegestühle, Flaschen und Kisten, die man auf dem Gras hatte liegenlassen. Der Gärtner machte sich mit dem Pferd zu schaffen und führte es in den Stall. Pinotta, ein rothaariges, mürrisches Mädchen, das schon einmal bei Tisch serviert hatte, stand in der Treibhaustür und beobachtete uns, ohne in die Sonne hinauszukommen.

»Sie schlafen«, sagte sie und wies mit dem Kinn nach oben. Vom Gewächshaus rieselte Wasser aufs Zinkblech.

»Eine ganze Menge Flaschen«, sagte Pieretto versöhnlich. »Sie haben gesoffen wie Schweine. War gestern abend ein Fest?«

»Sie sind haufenweise aus Mailand gekommen«, brummte das Mädchen und strich sich mit dem Arm die Haare zurück. »Bis in den Tag hinein haben sie getanzt, und eine Kissenschlacht gab es auch. Schrecklich! Und Sie, Sie bleiben hier?«

»Wo sind die Leute aus Mailand?« fragte Oreste.

»Sie sind mit ihrem Auto wieder zurückgefahren. Was für Leute! Eine Frau ist aus dem Fenster gefallen.«
Der Morgen im Pinienwald war kühl. Wir warteten und rauchten eine Zigarette. Im Hause regte sich nichts. Ich lehnte mich gegen einen Stamm und spähte in die Ebene. Wir tranken den Rest einer Schnapsflasche aus und baten Pinotta, uns die Veranda zu öffnen.
Dort fanden uns Poli und Gabriella. Sie meldeten sich mit einigem Lärm. Pinotta rannte die Treppen hinauf, wir hörten Stimmen, Klingeln und das Schlagen von Türen. Schließlich erschien Poli im Pyjama, stotternd und zerzaust. Er beklagte sich, daß wir ihn drei Tage hätten warten lassen, und hielt uns mit der Hand fest. So stritten wir stehend darüber, ob die Schuld an Exzessen beim Verführenden oder beim Verführten liege. »Gute Freunde«, sagte Poli, »haben mir ein bißchen Mailänder Leben heraufgebracht. Wenn sie nur nicht wieder auftauchen! Wir müssen unter uns bleiben.«
Gabriella kam herein, frisch und fertig angezogen. »Los, kommt, wollt ihr ein Bad nehmen?« fragte sie uns. »Laß sie doch in Ruhe. Ihr könnt hernach reden.« Ich hatte das Honigblond jenes Kopfes, die nackten Füße in den Sandalen – immer sah sie aus, als wolle sie gerade an einen Strand gehen – schon vergessen.
Sie führte uns in die Zimmer hinauf und sagte: »Hoffentlich hat keiner dieser Verrückten darin geschlafen.«
Da erklärte Oreste geradeheraus, er werde bei sich zu Hause schlafen. Er lasse uns auf dem Greppo und käme dann, wenn überhaupt, mit dem Rad.
»Warum denn?« Gabriella zog eine Grimasse. »Hat die Mama Angst, Sie gingen verloren?« Dann lachend: »Macht es nur nach euerm Kopf! Den Weg kennen Sie ja.«

Später kam ich in die Wohnhalle hinunter: dort saß Oreste bei ihnen. Pieretto planschte noch oben im Bad. Er hatte mir etwas durch die Tür zugerufen.
Als ich den Saal mit den Glastüren betrat, hatte ich mich mit dem Abenteuer immer noch nicht abgefunden. Pinotta war nun mit ihrer Arbeit fertig: die Blumen waren geordnet, Teller und Gläser abgeräumt, die Aschenbecher geleert, und der Saal mit seinen Möbeln und den hellen, leichten Gardinen war jetzt ein entzückender Raum. In den anderen Zimmern stand, noch aus der Zeit des Jägergroßvaters, eine Unmenge von mehr ländlichem Hausrat, Truhen, Lehnstühle, mächtige Eichentische – ein Bett hatte sogar einen Baldachin –, aber hier im Saal spürte man die Hand von Gabriella und Poli. Oder von Rosalba? fragte ich mich. Ich konnte Rosalba, die Blutflecken, die damalige töricht-boshafte Tat nicht aus dem Sinn bekommen. Daß ich so verlegen über die Teppiche ging, mich nur mit Mühe anständig betrug, ungern mit ansah, wie die unglückliche Pinotta hart und lustig zugleich gerufen und umherkommandiert wurde, geschah auch aus der Erinnerung an Rosalba, aus der Befürchtung, inmitten von so viel Sauberkeit und Kultur könne ähnliches noch einmal geschehen.
An jenem Morgen sprachen wir über Wälder. Es begann damit, daß Oreste erzählte, mir gefiele das Land so gut, daß ich aus lauter Appetit, hierherzukommen, auf das Meer verzichtet hätte; und sogleich sagte Gabriella etwas vom Meer, von einem Strand mit einem kleinen Hafen, der Freunden von ihnen gehöre: die Stämme der Ölbäume reichten dort bis zum Wasser, es sei Privatbesitz, ein umzäunter, anderen verbotener Strand; für windige Tage gäbe es mitten im Wald ein Schwimmbassin, und keiner der übrigen Badegäste könne dort hinein, keiner, der nicht

zu ihnen gehöre. Poli machte boshafte Bemerkungen über den guten Geschmack der Besitzer, die, wie er sagte, die Dienerschaft als Fischer verkleidet, mit der Schärpe um die Taille und einer groben Socke auf dem Kopf, umherschickten.

»Du Dummkopf, das haben sie nur damals bei dem Fest getan«, sagte Gabriella mit einer Heftigkeit, die mir nicht gefiel. Ich nahm das gleiche Aufblitzen, die boshafte Grimasse wahr, wie bei der Begegnung am ersten Tag.

Oreste sagte: »Da gab es einen Wald, der bis ans Wasser reichte?«

»Es gibt ihn noch. So etwas ändert sich nicht.« Sie war wieder unbefangen, behielt aber, während sie sprach, Polis Bewegungen im Auge. Er rauchte und lächelte zerstreut.

»In jenem Wald hat Gabriella Chopin getanzt. Klassische Tänze, barfuß, mit Schleier, im Mondlicht. Erinnerst du dich nicht, Gabri?«

»Schade«, sagte sie, »daß deine Freunde gestern nicht hier waren.«

Sie rief Pinotta und befahl ihr, die Glastüren zu öffnen. »Es stinkt noch von heute nacht«, murrte sie. »Erotiker und Besoffene lassen einen Ort genau wie Tiere zurück. Abscheulich deine Freundin, jene Malerin, die Havannas raucht.«

»Ich dachte«, sagte ich, »ihr hättet die Orgie unter den Pinien gefeiert.«

»Die sind wie die Affen«, platzte sie los, »überall breiten sie sich aus. Es ist nicht ausgeschlossen, daß ein Pärchen im Wald zurückbleibt.«

Poli lächelte, er dachte an irgend etwas. »Kommt Pieretto nicht herunter?« fragte er uns.

Als Pieretto im Saal auftauchte, hatte Gabriella mir und

Oreste schon gesagt, auf dem Greppo lebe man in völliger Freiheit, man gehe und komme, und wer allein bleiben wolle, solle das tun: »Sie kommen herunter, ich gehe hinauf«, sagte sie zu Pieretto. »Seid schön brav, Kinder.« Schon das vorige Mal war sie um jene Zeit nach oben verschwunden; Poli sagte uns, sie lege sich in die Sonne; wir hatten im Einspänner davon besprochen. Pieretto hatte gesagt: »Da habt ihr noch eine, die ausgezeichnet ist... Fordern wir sie auf, mit zum Tümpel zu kommen?«
Ich wäre jetzt gern allein weggegangen und hätte auf meine Art bis zum Mittagessen den Hügel durchstreift. Statt dessen faßte ich Oreste unter, und wir gingen auf die Pinien zu. Hinter uns hatten Poli und Pieretto zu reden angefangen.

XVII

Als es dämmerte, fuhr Oreste schlecht gelaunt im Einspänner davon, und über dem Greppo wurde es Nacht. Es glückte mir, unter den Pinien allein zu bleiben; so wartete ich auf das Abendessen. Pieretto und Poli diskutierten am Wasserbecken. Poli, der den ganzen Tag mit verschwollenem, müdem Gesicht umhergelaufen war, redete gedämpft – mir schien, als wäre ich in jene Nacht auf dem Hügel zurückversetzt, die Nacht, in der Oreste so brüllte. Hinter der Hecke hörte ich Pierettos auffahrende Stimme, seine entschiedenen Reden. Poli klagte, er sprach von sich, von seinem körperlichen Befinden. »Als ich merkte, daß ich gesund werden, daß ich wie ein Kind neu anfangen müßte... Gewisse Dinge weiß man nie so recht... Sterben, das hat mir keine Angst eingejagt. Es ist schwierig zu leben... Ich bin jener Ärmsten dankbar, daß sie es mir beigebracht hat...«

Er sprach langsam, leidenschaftlich – mit jener leisen, klaren Stimme.

»...Tief in uns ist ein großer Friede, eine Freude... Alles, was wir sind, entspringt hieraus. Ich habe begriffen, daß das Böse, der Tod... nicht aus uns kommt, nicht wir bringen es hervor... Ich verzeihe Rosalba; sie hat mir helfen wollen... Jetzt ist alles leichter, auch Gabriella...«

Pieretto hatte ihn knurrend unterbrochen: »Dummes Zeug!« sagte er geradeheraus. Die beiden Stimmen sprachen einen Augenblick heftig gegeneinander an, dann siegte die von Pieretto.

»Dreistigkeit«, sagte er, »richtet bei mir nichts aus. Rosalba wollte dir ja gar nicht helfen, und du hast kein Recht, sie zu bemitleiden. Ihr wart einfach Schweine... Laß die Unschuld aus dem Spiel.«

Poli sprach leise weiter. »...Alles war vorherbestimmt. Nicht wir geben uns den Tod...«

Die Stimmen entfernten sich. Dieser Mond! Ich zog den Geruch der Pinien ein; die Luft war noch warm. Sie roch fast nach Seeluft, sie reizte die Haut. Jenen ganzen Tag hatten wir uns in den Buschwäldern umhergetrieben und waren den halben Hang hinuntergeklettert. Gabriella hatte uns zu einer kleinen, von Frauenhaar überhangenen Tuffsteingrotte geführt, worin ein wenig Wasser stand. An einem Bäumchen in einer Mulde hatten wir Pfirsiche gefunden, honigsüß vor Reife. Oreste war auf eine finstere Art ausgelassen. Er stieß, um Gabriella zu erschrekken, wieder jenes wilde Gebrüll aus. Gegen Abend war mir aufgefallen, daß man vom Greppo aus keine ländlichen Geräusche vernahm – keine Vogelstimmen, kein Hühnergackern, kein Gebell. Von hier oben beherrschte man das ebene Land wie aus einer Wolke.

macht hätte als wir. Er hatte sich höflich verabschiedet und war nach Hause gegangen, um dort zu schlafen, um allein zu sein und alles aus der Distanz zu überdenken. Er kannte Poli am besten, er wußte noch mehr, aber es war zweifellos so, daß er sich nicht gern auf dem Greppo aufhielt. Er war nicht nur entwischt, um Giacinta zu sehen. Tage vorher, als wir unterwegs darüber stritten, ob Gabriella würdig wäre, mit uns zum Tümpel zu gehen, hatte sich ein Gespräch entwickelt. Was tun nur diese beiden auf dem Land? hatten wir uns gefragt. Sind sie hergekommen, um allein zu sein und Ruhe zu haben? Aber warum wollen sie dann uns? Und was weiß Gabriella, so sagten wir uns, von Rosalba? Gabriella schien doch eine kluge Person zu sein. Oder nahmen sie abends gemeinsam Kokain?

»Glaubt mir«, sagte Pieretto, »jeder findet den andern abscheulich.«

»Und warum bleiben sie dann beieinander?«

»Das werde ich schon noch herauskriegen.«

Ein Glück, daß Poli bei Tisch nicht aufhörte, uns das Glas zu füllen. Auch Gabriella trank mit genießerischen Zügen und schüttelte dann jedesmal den Kopf wie ein Vogel. Ich dachte: wer weiß, wenn wir ordentlich trinken, werden sie vielleicht ehrlicher, kindlicher, und Gabriella sagt uns, daß sie trotz allem ihren Poli gern mag, und Poli sagt, daß Rosalba häßlich, ein Laster, ein Wahn war, und die Begegnung mit uns ihn geheilt hat, jene Begegnung und das Gebrüll von Oreste. Das würde schon genügen, sagte ich mir, wir würden sogleich bessere Freunde, würden Pinotta in Ruhe lassen und vergnügt spazieren oder schlafen gehen. Das Leben auf dem Greppo würde anders werden.

»Ihr werdet euch langweilen«, sagte Gabriella plötzlich. »Nachts haben wir hier nichts als Grillen. Euer Freund hat gut daran getan, sich in Sicherheit zu bringen...«

»Die Grillen und den Mond haben wir«, sagte Poli. »Und uns.«
»Wenn sie nur zufrieden damit sind«, sagte Gabriella und spielte mit der Rose, die vor ihr lag. Dann sah sie gespannt auf. »Ich höre, ihr habt in Turin mit Poli Nachtlokale besucht?« Sie blickte uns einen Augenblick an und brach in Lachen aus. »Na los, was ist schon dabei?« rief sie. »Wir sind allzumal Sünder. Die Unglücklichen kriegen neue Kraft, und keiner hat eine Schuld. Wir hatten einen Sohn verloren, und dieser Sohn ist uns wiedergegeben. Schlachten wir das Kalb.«
Poli schnaubte und blickte auf. »Signora«, rief Pieretto, »ich trinke auf das Kalb.«
»Ach was, Signora«, sagte sie. »Wir können uns auch mit dem Namen anreden, wir haben gemeinsame Bekannte genug.«
Poli sagte verstimmt: »Höre, Gabri, das hier endet genauso wie gestern abend.«
Gabriella, böse, lächelte kaum. »Es fehlt die Musik«, sagte sie. »Und heute abend ist keiner betrunken. Um so besser; wir können offen miteinander reden.«
Pieretto sagte: »Man kann hernach trinken.«
»Wenn du Musik willst«, sagte Poli und erhob sich, »kann ich eine Platte auflegen.«
Ich sah, wie sich die schmale Hand um die Rose preßte, die sie hatte aufs Tischtuch fallen lassen, und wagte nicht, ihr ins Gesicht zu sehen.
Poli hatte sich schon wieder gesetzt, er hatte die Platte nicht aufgelegt. »Musik verlangt Heiterkeit«, sagte er. »Trinken wir erst noch ein bißchen.« Er streckte den Arm nach ihrem Glas aus: ob er ihr einschenken solle.
Gabriella nahm den Wein an und trank ihn. Wir tranken alle. Ich dachte an Oreste und seinen Weinberg.

In der Stille, die nun entstand, zündeten wir uns eine Zigarette an. Gabriella zog tief den Rauch ein, betrachtete uns und fing an zu lachen. »Wir haben einander nicht verstanden«, sagte sie spöttisch. »Wahrhaftigkeit ist kein Verbrechen. Ich hasse die Verbrechen aus Leidenschaft. Ich möchte nur, daß einer mir sagt, ob Poli sehr komisch war in jener Nacht im Wagen, als er das wahrhaftige Leben entdeckte...«

XVIII

»Laßt mich reden«, murrte Gabriella. »Zu zweit spricht man so wenig und kennt die Antworten im voraus. Zu zweit ist es geradeso, als wäre man allein... Ich möchte nur, daß einer mir sagt, ob in jener Nacht... ihr wart doch dabei... ob Poli der Gesellschaft sein unschuldiges Leben dargelegt hat... Er hat es in Turin entdeckt, das weiß ich. Aber die Gesichter, die möchte ich sehen, die Gesichter all derer, die dabei waren und das hörten. Denn Poli ist wahrhaftig«, sagte Gabriella mit Überzeugung. »Poli ist naiv und wahrhaftig, wie ein Mensch sein soll; nur begreift er nicht immer, daß sich Gewissenskrisen nicht bei allen einstellen. Das ist das Schöne an ihm«, und sie lächelte, »daß er so naiv ist. Aber sagt mir, was für Gesichter die anderen machten.«

Und mit einem harten Lachen sah sie uns boshaft an.

Poli verzog bei dieser Wendung des Gesprächs keine Miene. Es hatte den Anschein, als sei er noch auf ganz anderes gefaßt. Wieder war es Pieretto, der sprach: »Blanke Raserei mit Schaum. Es war zu hören, wie Zähne aufeinanderbissen, einer hatte sieben Teufel im Leib.«

Das Gesicht von Poli gefiel mir gar nicht. Er hatte sich im

Stuhl ausgestreckt und betrachtete uns aus verschwollenen, halbgeschlossenen Augen.
»Quos Deus vult perdere«, fügte Pieretto hinzu. »Das kommt vor.« Gabriella schaute ihn einen Augenblick fasziniert an und lachte gezwungen. Es war ein albernes Lachen. Dann wechselte sie den Ton und schlug vor: »Wollen wir draußen Luft schöpfen?«
Schweigend standen wir auf und gingen die Stufen hinunter. Das Gezirp der Grillen, der Duft des Himmels fielen über uns her.
»Schauen wir uns den Mond über den Wäldern an«, sagte Gabriella. »Dann lassen wir uns den Kaffee bringen.«
In jener Nacht kam Pieretto zu mir in mein Zimmer. Der Gedanke, daß ich in jenem Haus schlief und morgens darin erwachen, dann hinuntergehen und jene beiden wieder vorfinden würde, mit ihnen sprechen, mich zu Tisch setzen und noch einmal erleben, daß es Nacht wurde – dieser Gedanke ließ mir das Blut in den Kopf steigen. Das Beisammensein unter den Pinien im Mondlicht hatte bis spät in die Nacht gedauert. Gabriella hatte nicht mehr auf das Vergangene angespielt, sondern uns unbefangen aufgefordert, von uns selbst zu erzählen. Aber gerade das ging mir schwer herunter: die Spannung, der Argwohn, das, was man nicht aussprach. Jedenfalls wußte ich nun, daß alle gleich waren, auch Poli, auch sie, Gabriella, alle bereit, sich hemmungslos auszutoben, nur um einen Abend hinzubringen. In der Nacht zuvor hatten jene Stämme und der Mond wohl allerlei finstere Dinge mit angesehen. Wozu diese zweideutigen Reden, hingeworfen wie Efeu über einen Brunnenschacht, wenn doch alle wußten, um was für einen Schacht es sich drehte?
Ich sagte es Pieretto im Zimmer, während ich die letzte

Zigarette rauchte. »Kannst du mir erklären, was wir in diesem Haus sollen? Das sind keine Leute für uns. Sie haben Geld, sie haben Freunde, sie bringen ihre Zeit höchst angenehm hin. Hast du je erlebt, daß man von geblümten Tellern aß? Orestes Weinberg, der Tümpel, das war besser. Oreste, der hat es begriffen...«

»Und doch gefällt dir Gabriella«, unterbrach er mich.

»Was? Wo sie immerfort zankt? Sie hat uns ja schon von Kopf bis Fuß durchschaut. Sie weiß nichts mit uns anzufangen. Sieh dir Oreste an...«

»Oreste kommt zurück, du wirst sehen«, sagte Pieretto.

»Das hoffe ich. Morgen...«

»Schrei nicht so«, bemerkte Pieretto. »Ich gehe nicht von hier fort, auch nicht, wenn sie mich hinauswerfen. Es ist eine viel zu schöne Komödie... solange sie dauert.«

Dann sprachen wir von Poli, von seinem seltsamen Schicksal, von jener ihm eigenen Gabe, die Frauen zu reizen.

»Er ist ein toller Kerl«, sagte Pieretto. »Er sollte als Einsiedler leben. Er ist dazu geboren, in einer Zelle zu hausen, und weiß es nicht.«

»Das würde ich nicht sagen. Er weiß Frauen auszuwählen.«

»Was besagt das schon? Das ist es ja gerade. Sie fallen wie die Furien über ihn her.«

»Er läßt es sich aber gefallen. Gabriella ist seine Frau. Schließlich schläfst ja nicht du mit ihm.«

Da sah mich Pieretto auf die ihm eigene Art an, halb dumm, halb amüsiert.

»Wie blöd du bist«, sagte er zu mir. »Gabriella schläft nicht mit Poli. Jeder würde das begreifen. Man braucht nur Augen im Kopf zu haben.«

Er genoß mein Erstaunen und fuhr fort: »Keiner von beiden denkt auch nur daran. Ich weiß nicht, warum sie überhaupt zusammen sind.«
»Mag sein«, fügte er noch hinzu, »daß sie sich im Grunde gar nicht fragen, warum sie zusammen sind.«
Ich schlief gut in jenem weichen Bett mit dem seidenen Plumeau. Nach den Tagen und Wochen, in denen wir drei in einem Zimmer schliefen, war das Alleinsein eine Wohltat; ich fühlte mich frisch wie jener Himmel, den ich anderntags vom Fenster aus begrüßte. Alles war wach, lebendig und naß vom Tau, und die Sonne, die die Ebene jenseits der Pinien füllte, überzeugte mich davon, daß der Horizont weit war und daß wir auf dem Greppo vielerlei unternehmen würden. Wälder und Beisammensein genießen, schwatzen, spielen, jenes Reich mit dem ganzen Körper einsaugen würden. Da waren gewundene Pfade, Lichtungen, viele lange Nachmittage, da war jene Grotte Gabriellas. Es war schon davon gesprochen worden, daß wir wieder hingehen wollten.
Am Vormittag kam Oreste; er klingelte auf seinem Rad wie der Postbote. Pinotta kam mit ihm; sie hatte in Due Ponti Besorgungen gemacht. Das schönste war, daß er uns wirklich die Post mitbrachte, die Karten, die für uns eingetroffen waren; und Gabriella rief ihm vom Fenster aus zu: »Wenn das nötig ist, um Sie hier zu haben, bitte ich alle meine Freunde, mir zu schreiben.«
Wir gingen mit ihm hinein, setzten uns und warteten auf Poli. Oreste war gut gelaunt; er erzählte uns, er hätte über dem Land bestimmte Vogelzüge beobachtet, ein Schwirren und Piepen gehört, was eine verfrühte Jagdzeit verspräche.
»Vergießen Sie so gern Blut, Oreste?« rief Gabriella. »Hört«, sagte sie, »ist es nicht besser, wir nennen uns beim

Namen? Man geht aufs Land, um sich frei zu fühlen, nicht wahr?«

Oreste kam wieder auf die Jagd zu sprechen und sagte, Poli solle nicht so lange schlafen. Die rechte Zeit, um im Sommer auf die Jagd zu gehen, sei vor Tagesanbruch, und je mehr man sich vorher daran gewöhne...

»Nicht mit den Hunden«, rief Gabriella. »Die Hunde leiden darunter. Der Tau schädigt ihren Geruchssinn.« Sie lachte über Orestes erstauntes Gesicht.

»Wissen Sie nicht... Wißt ihr nicht, daß ich als Mädchen auf dem Brenta mitten unter Lerchenjägern meine Ferien verbrachte? Man hörte nichts als Schüsse und Hundegebell...«

»Wo ist der alte Hund von Rocco?« fragte Oreste.

»Er ist wohl gestorben«, sagte sie. »Haben Sie Poli nach ihm gefragt? Übrigens – Poli will nicht mehr töten. Hat er es Ihnen gesagt?«

Oreste sah sie fragend an.

»Es macht ihm keinen Spaß mehr«, erklärte Gabriella. »Es paßt nicht in sein neues Leben.« Sie lächelte. »Beefsteaks ißt er allerdings.«

»Ich hatte ihn schon in dem Verdacht«, maulte Pieretto.

Oreste begriff unsere Fröhlichkeit nicht und sah einen jeden von uns unruhig an.

»Wir sprachen gestern abend über Poli«, erklärte ihm Gabriella. »Sie müssen unbedingt bleiben. Hier passiert nachts allerlei.«

Etwas später verschwand Gabriella. Wir trieben uns in den Zimmern rings um die Veranda herum – dort gab es Bücher, Bücher in alten Einbänden, Spieltischchen, ein Billard. Mir gefiel das grüne Licht der Pinien in den Fenstern. In einem Winkel fand ich Romane, Illustrierte und Gabriellas Nähkörbchen. Aus der Küche kamen ge-

dämpfte Schläge. Den Gärtner hatte ich noch nicht gesehen.
»Wo du so viel Land hast«, sagte Pieretto zu Poli, »warum fängst du nicht an, es mal umzugraben?«
Auf Polis vages Lächeln hin sagte Oreste: »Dazu braucht es einen anderen als ihn. Es kommt noch so weit, daß sein Vater alles verkauft. Er verwendet es nicht einmal für die Jagd.«
»Warum sollte er das Land umgraben?« fragte ich Pieretto und sah von meiner Zeitschrift auf.
»Immer gräbt ein Mann, der eine Krisis durchmacht, das Land um«, sagte Pieretto. »Die Erde ist die Mutter aller, sie trügt ihre Kinder nicht. Das müßtest du wissen.«
»Im September jedenfalls«, sagte Poli, »könnt ihr eine Streifjagd machen...«
Niemand sagte ein Wort. Ich dachte: bald ist September, in zehn Tagen – ob wir solange würden dableiben dürfen? Es schien selbstverständlich, daß wir blieben. Ich sagte nichts und schlug meine Zeitschrift wieder auf.
Zum Essen erschien Gabriella im Morgenrock und roch nach Sonne. Sie lachte – die Fensterläden machten den Raum dämmerig – und brachte Oreste wieder auf das Gespräch über die Jagd.

XIX

So blieb auch Oreste auf dem Greppo. Ab und zu verschwand er mit dem Rad und kam dann wieder zurück. Der Hügel schien in der Augustsonne zu kochen; Geißblatt und wilde Minze bildeten ringsum eine unsichtbare Wand; es war herrlich, sich hier umherzutreiben und, wenn man gerade aus dem tiefer gelegenen Buchenwald kam, umzukehren ins Buschdickicht wie ein Insekt oder ein Vogel. In jenem Duft, in jener Sonne meinte man Vogelleim an den Pfoten zu spüren. Anfangs gingen wir bisweilen nachmittags alle miteinander die steilen Hänge bis zu den vom Gras erstickten Reben hinunter; und einmal wanderten wir um den ganzen Hügel, wobei wir im Brombeerdickicht auf ein kleines schwarzes Gartenhaus stießen, durch dessen Ritzen man den Himmel sah. Doch weder von Hecken noch von einem Zugangspfad war eine Spur übriggeblieben; der Hang war eine einzige Wildnis, mochte er auch einmal ein Garten, die Hütte ein Pavillon gewesen sein. Oreste und Poli nannten sie die chinesische Pagode und erinnerten sich der Zeit, da sie noch von Jasmin übersponnen war. Jetzt hörten wir, als wir näher kamen, zwischen den Brennesseln das Rascheln von Mäusen oder großen Eidechsen – den Jasmin hatte der Hügel verschlungen. Doch der Kontrast machte einen nicht traurig, der Buschwald erschien uns so viel jungfräulicher und wilder. Unsere Stimmen in den Büschen vermochten ihn nicht zu entweihen. Jene Idee, in den Wäldern habe die heiße Sonne des Sommers etwas von Tod, war wirklich wahr. Hier brach niemand die Erde auf, um ihr etwas abzugewinnen, niemand lebte auf ihr: einst hatte man es versucht und es dann aufgegeben.

Pieretto sagte zu Gabriella: »Ich begreife nicht, warum ihr zwei in diesem Pavillon nicht den Winter verbringt. Ihr würdet Wurzeln essen. Eure Sinne würden den Frieden finden ... Im Sommer ist das Land abscheulich, es ist eine Sexualorgie von Fruchtfleisch und Säften. Nur der Winter ist die Jahreszeit der Seele ...«

»Was ist in dich gefahren?« fragte Oreste.

Und Gabriella, wütend: »Oh, er ist verrückt.«

Poli lächelte. Und Pieretto fuhr fort: »Seien wir ehrlich.

Im August ist das Land schamlos. Wozu alle die Säcke mit Samen? Dann dieser Modergeruch nach Koitus und Tod. Und die brünstigen Blumen und Tiere, die fallenden Früchte…«
Poli lachte. »Im Winter«, rief Pieretto, »ist die Erde wenigstens begraben. Man kann an die Seele denken.«
Gabriella sah ihn, sah Poli an und lächelte flüchtig. »Ich weiß schon, wie ich den Winter verbringe«, brummte sie. »Und ich habe diesen schamlosen Geruch gern.«
In den ersten Tagen, als Poli und Pieretto viel zusammen waren, gingen wir manchmal abends mit Gabriella den Hang bis zur halben Höhe hinunter, setzten uns auf die Böschung und rauchten im Anblick der winzigen Bäume in der Ebene eine Zigarette.
Im Gegensatz zu Poli, der nie ein Wort über die Ortschaften verlor, ließ sich Gabriella von Oreste die Dörfer, Straßen und kleinen Kirchen zeigen. Sie wollte wissen, wie die Bauern lebten und wo Oreste aufgewachsen wäre, wo sie zur Jagd gingen. Ich betrachtete von oben vor allem gern das Land mit den Eichen, jenes Mombello mit seiner roten Erde, wo die beiden Brüder lebten. Wir sprachen einmal davon, als Gabriella mich neugierig fragte, ob dort unten Orestes Mädchen wohne. Ich entgegnete ihr, daß es dort etwas Besseres gäbe: zwei tüchtige Männer, die ihre Weinberge bestellten und sich selber genügten. Oreste schwieg. Mir war, während ich das Lob von Davide und Cinto sang, als spräche ich von ihm. Gabriella hatte gesagt: »Aber warum arbeiten sie, wenn sie doch die Herren sind?« Ich begann ihr zu erklären, das wäre ja gerade das Schöne, daß man nur dann wert sei, auf seiner Erde zu leben, wenn man sie selber bestelle; alles andere bedeute Knechtschaft. Sie öffnete spöttisch die Lippen, die ganz rosig aussahen gegen das gebräunte

Gesicht. Sie sagte kaum hörbar: »Was für Leute es doch gibt...«
Während ich mit ihnen im Duft der Waldminze und der glühenden Erde umherspazierte, ging es mir nicht aus dem Sinn, daß wir, vom Weinberg von San Grato aus gesehen, ein Horizont waren, eine Insel in einem Meer-Himmel. Ich weiß nicht, ob Oreste noch daran dachte, er war nicht der Typ, darüber nachzudenken. Ich sagte im Spaß zu ihm: »Wärest du auf dem Greppo geboren worden, dann wäre dies hier dein Horizont gewesen.« Und ich wies mit dem Finger auf das ebene Land, aus dem die Ortschaften heraufschimmerten. »Hast du keine Lust mehr, dich einzuschiffen, unseren Planeten zu durchwandern?«
»Da unten gibt's nichts als Reisfelder«, sagte Oreste, »und dann Mailand...«
»Oho, macht mir Mailand nicht schlecht«, brummte Gabriella. »Ich muß irgendwann wieder dorthin zurück.«
In jenen ersten Tagen redete ich mir noch ein, Gabriella gefiele mir, und daran, ihr nahe zu sein, wäre nichts Böses. War ich mit Oreste und ihr allein, so konnten wir reden, ohne daß Polis Schatten uns in Verlegenheit brachte. Weder er noch Rosalba kamen uns überhaupt in den Sinn, und fiel irgendeine Anspielung auf jene Tage in Turin, so war Gabriella die erste, die darüber lächelte. Aber meist sprachen wir nicht viel: Oreste schwieg gewöhnlich, ich traute mich schon gar nicht, aus mir herauszugehen, ich spürte ihr an, daß sie nicht ganz bei der Sache war, daß ihr Spiel, auch wenn sie lachte und dabei in die Hände klatschte, übertrieben war. Pieretto konnte es allenfalls mit ihr aufnehmen, aber auch er war auf der Hut. Im Grunde tat ich nichts lieber, als hierüber nachdenken: daß wir auf dem Greppo lebten, daß auch sie hier lebte, daß sie wie wir den Duft der Macchia einsog. Am schönsten war

es, wenn wir zu der Grotte oder zu den Weinbergen hinabgingen – wilde Früchte essend, uns ins Gras werfend, in der Sonne schmorend. Es gab immer noch ein Stück Hügel, ein Versteck, ein Pflanzendickicht, das ich noch nicht gesehen, berührt, eingesogen hatte. Stärker als irgendwo sonst war dort jener unbestimmbare Geruch nach August, nach salziger Erde. Und es gab die Lust, nachts unter dem großen Mond, der die Sterne dünner erscheinen ließ, daran zu denken und zu unseren Füßen überall den geheimnisvollen Hügel zu spüren, der sein Leben lebte.

Oreste zählte uns die Tiere vom Greppo auf. Da gab es Elstern, Häher, Eichhörnchen und ein paar Siebenschläfer. Dann Hasen und Fasanen. Was mich anlangt, so zirpten mir schon die Grillen und Zikaden Tag und Nacht im Blut, sie gaben dem Sommer Stimme und Leben. Manchmal war das Geräusch so stark, daß ich erschauerte – sicher drang es bis zu den Schlangen und unterirdischen Wurzeln hinab. Ich fragte mich, ob die Herren vom Greppo – nicht so sehr Poli und Gabriella, die zählten gar nicht –, ob der Jägerahnherr und die Wächter von einst diese Erde, diesen wilden Berg geliebt hatten, so wie ich ihn zu lieben meinte. Gewiß, sie hatten ihn besessen, weit mehr als wir.

Etwas begriff ich dank der Anwesenheit Gabriellas. In meinen Gedanken sprach ich mit ihr darüber, so wie ich manchmal mit leiser Stimme mit Pieretto redete. Jene Verlassenheit, jene Einsamkeit des Greppo war ein Symbol für das verfehlte Leben von ihr und Poli. Sie taten für ihren Hügel überhaupt nichts; und der Hügel tat nichts für sie. Die wilde Vergeudung von so viel Land und so viel Leben konnte keine Früchte bringen außer Unruhe und Leere. Ich dachte wieder an die Weinberge von

Mombello, an das rauhe Gesicht von Orestes Vater. Um eine Erde zu lieben, muß man sie bestellen, muß man Schweiß vergießen.
Am folgenden Tag waren wir zu jenem Pavillon zurückgegangen, und hier mußte ich lächeln über Pierettos Vorstellung, die Erde rieche nach Koitus und Tod. Sogar das Summen der Insekten betäubte einen. Ebenso die wogende Frische des Efeus, der klagende Schrei eines Rebhuhns. Ich ließ die beiden stehen, sie und Oreste: sie stampften auf dem eingesunkenen Boden des kleinen Pavillons und schrien, um das Rebhuhn aufzuscheuchen. Ich ließ sie stehen und trat hinaus in die Sonne.

XX

Die Nacht durchzechten wir in der Veranda, hörten uns Schallplatten an, spielten Karten.
»Es gibt nichts Unnützeres als mich«, sagte Gabriella. »Ich bin nicht einmal imstande, euch alle zu unterhalten.«
Sie tanzte mit einem von uns eine Runde, dann setzte sie sich wieder. An den ersten Abenden schwiegen wir, hörten der Musik zu, unser Blick folgte den Tanzschritten und dem hellblauen Rock.
»Es gibt nichts Unnützeres als mich«, sagte sie eines Nachts und dehnte die Glieder. »Ich habe das Leben satt.«
»Es scheint, Sie sagen das im Ernst«, bemerkte Pieretto.
»Alles habe ich satt«, sagte sie. »Das Aufwachen morgens, das Anziehen, um hinunterzugehen, die intelligenten Gespräche, die ihr führt. Ich möchte in die Osteria gehen und mit den Knechten saufen.«

»Das ist Masochismus«, sagte Poli.
»Wennschon!« sagte sie. »Ich wünschte, ein Mann erdrosselte mich. Etwas anderes verdiene ich nicht.«
»Oh, oh, wir sind wohl in der Krise!«
»Ja«, schnitt ihm Gabriella kalt das Wort ab, »wir sind in der Krise. Das ist hier oben Mode. Sie, Oreste, passen Sie auf, oder Sie gehen schließlich zugrunde wie wir.«
»Nur er?« fragte Pieretto.
Gabriella verzog den Mund. »Im Vergleich zu ihm sind wir Kanaillen«, sagte sie. Auch mich schloß sie in ihren verächtlichen Blick ein. »Er als einziger ist ehrlich und gesund.«
Oreste sah sie so finster an, daß wir lachen mußten. Auch Gabriella lächelte. »Nicht wahr, Sie haben keine Krisen, wenn es um die Wahrhaftigkeit geht?« sagte sie zu ihm. »Haben Sie je im Leben gelogen, Oreste?«
»Es gibt Krisen und Krisen...«, begann Poli.
»Und ob«, sagte Oreste zufrieden. »Wer erzählt nicht einmal dummes Zeug?«
Da fing Poli an, sich zu beklagen: uns alle, Gabriella, die Menschen überhaupt, beschuldigte er, wir blieben immer nur an der Oberfläche, wir reduzierten das Leben zu einem lächerlichen Drama, zu einer Reihe sinnloser Gesten und Förmlichkeiten. Die Menschen beschäftigten sich immerzu nur mit ihrer Geilheit und setzten ihr Gewissen um ganz materieller, blöder Dinge willen aufs Spiel. Der eine denkt an seine Stellung, ein anderer an elende Laster, wieder einer nur an den nächsten Tag. Alle stritten sie sich und füllten den Tag mit Worten und Eitelkeiten. »Wenn wir aber aufrichtig sein wollen«, sagte er, »was liegt uns schon an diesem dummen Zeug? Sicher, wir sind alle Kanaillen. Doch was heißt denn Krisis? Gewiß nicht, daß man sich mit Knechten besaufen will – die

taugen kein bißchen mehr als wir. Krisis, das ist: in uns gehen und entdecken, wer wir sind.«

»Das sind so Worte«, sagte Pieretto.

»Ja, nutzt denn alles übrige zu irgendwas?« sagte Poli hartnäckig. »Alles übrige kann man kaufen, die andern können es für dich tun...«

»Nicht alle haben die Mittel«, unterbrach ihn Oreste.

»Na wennschon! Ich habe gesagt: sie können es tun, nicht: sie tun es. So etwas hängt nic von uns ab. Nur wer du bist, das kann dir niemand sagen.«

»Wenn wir aber Kanaillen sind«, platzte Gabriella heraus. »Oh, Poli, warst du nicht mit uns einig, daß wir Kanaillen sind?«

»Poli verficht eine andere Sache«, bemerkte Pieretto. »Daß wir nämlich allesamt dazu neigen, uns mit der Etikette, dem gängigen Urteil zu begnügen. Es genügt nicht, zu wissen, daß wir Kanaillen sind, das ist zuwenig. Wir müssen uns fragen, warum, wir müssen begreifen, daß wir es nicht zu sein brauchten, daß auch wir Gott ähnlich geschaffen sind. So schmeckt es uns besser.«

Gabriella legte eine neue Schallplatte auf. Bei den ersten Klängen drehte sie sich um, streckte die Arme aus und rief jämmerlich flehend: »Wer will mich?«

Oreste stand auf, und wir drei stritten weiter. Jetzt versuchte es Poli anders herum. Er sah uns verstohlen an und sagte, wenn Gott in uns sei, habe man keinen Anlaß, ihn in der Welt, in der Tat, in den Werken zu suchen. »Wenn es uns gegeben ist, ihm zu gleichen«, murmelte er, »dann geht es nur den inneren Menschen an.«

Mein Blick folgte dem hellblauen Rock, und ich dachte dabei an Rosalba. Schon wollte ich sagen, ›das alles ist schon einmal geschehen‹, da sah ich flüchtig, wie ein seltsames Lächeln Pierettos Gesicht aufhellte.

»Bist du sicher, daß das nicht eine ganz alte Ketzerei ist?« murmelte er.
»Das interessiert mich nicht«, sagte Poli kurz. »Mir genügt, daß es wahr ist.«
»Liegt dir so viel daran«, fragte Pieretto, »dem himmlischen Vater zu gleichen?«
»Was gibt es sonst?« sagte Poli überzeugt. »Machen dir die Worte angst? Nenne ihn, wie du willst. Ich nenne Gott die absolute Freiheit und Gewißheit. Ich frage mich nicht, ob Gott existiert; mir genügt es, frei, sicher und glücklich zu sein, so wie Er. Und um dahin zu kommen, um Gott zu sein, genügt es, daß ein Mensch an den Grund rührt, daß er sich bis auf den Grund kennt.«
»Hört doch auf!« rief Oreste über Gabriellas Schulter.
Wir achteten nicht auf ihn. Pieretto sagte belustigt: »Und du rührst an diesen Grund? Du gehst oft da hinunter?«
Poli nickte, ohne zu lächeln.
»Ich glaubte«, fing Pieretto wieder an, »die beste Art, sich selbst zu erkennen, sei die: mit sich selbst zu bezahlen. Hast du mal darüber nachgedacht, was du tun würdest, wenn die Sintflut hereinbräche?«
»Nichts«, sagte Poli.
»Du hast mich nicht verstanden. Nicht, was du tun möchtest, sondern was du tun würdest. Was deine Beine dich zu tun zwingen würden. Ausreißen? In die Knie gehen? In heiliger Heiterkeit tanzen? Wer kann sagen, er kenne sich, wenn er nie in der Klemme saß? Das Gewissen ist nur eine Kloake. Das Heil ist unter freiem Himmel, unter Menschen.«
»Ich war unter Menschen«, sagte Poli mit gesenkter Stirn, »von Kind auf war ich das. Erst das Gymnasium, dann Mailand, dann das Leben mit ihr. Ich habe mich amüsiert,

das schon. Ich nehme an, das geht wohl jedem so. Ich kenne mich. Und ich kenne die Menschen... Das ist nicht der Weg.«
»Ich würde schon darum nicht gern sterben«, sagte Gabriella im Vorbeitanzen, »weil ich dann niemanden mehr sähe.«
»Tanzen Sie nur!« rief Pieretto.
»Recht hat sie immerhin«, sagte er zu Poli. »Du hingegen, du erblickst Gott im Spiegel?«
»Wieso?« fragte Poli.
»Ganz logisch. Wenn die Welt dich nicht interessiert und du Gott in deinen Augen trägst, so siehst du ihn, solange du am Leben bist, im Spiegel.«
»Warum nicht?« sagte Poli. »Das eigene Gesicht kennt niemand.« Das sagte er ganz ruhig, und so blieb ich noch.
Die Musik war zu Ende. In der Stille hörte man nun durch die Glastüren die Grillen.
»Da bekommt man ja wieder Angst«, sagte Gabriella, Arm in Arm mit Oreste. »Wir haben euch satt.«
Wir traten alle zusammen hinaus, der Mond stieg gerade riesengroß auf, und gingen die Straße hinunter. »Dort unten müßte ein Lokal sein«, sagte Pieretto, »damit wir ein Ziel hätten.« Gabriella, die mit Oreste vorausging, sagte zu ihm: »So ein Flegel! Wehe euch, wenn ihr wieder von der Sintflut sprecht!«
Ich ging allein zwischen den zwei Gruppen und schnupperte nach der Erde, dem Mond, dem Geißblatt. Wir kamen an der Böschung mit den Feigenkakteen vorüber. Um die Büsche und Bäume an den frei daliegenden Höhenrücken wob das Mondlicht seine tausend Spiele. Ein milder Wind wehte, er schien uns der Atem der Nacht.

Oreste schwätzte dort vorn von einem Ausflug zu Pferde. Und Poli, hinten, diskutierte mit Pieretto. »Auch das Leben des Fleisches, die Sünde hat einen Wert. Nur wenige Menschen kennen die Grenzen der eigenen Sinnlichkeit... Man muß wissen: sie ist ein Meer. Es braucht Mut; und man kann frei werden nur, wenn man bis auf den Grund kommt.«
»Es hat aber keinen Grund.«
»Es gibt etwas, was über den Tod hinausträgt«, sagte Poli.

XXI

Ich neckte Oreste, weil er seit drei Tagen nicht mehr in sein Dorf zurückfuhr und in einem Zimmer im Erdgeschoß schlief, neben dem der Köchin. »Zu ihm habe ich Vertrauen«, hatte Gabriella gesagt.
Oreste kam morgens herauf, um mich zu wecken, und wir rauchten am Fenster...
»Seit heute nacht streife ich in den Wäldern umher«, sagte er zu mir.
»Warum hast du nicht gepfiffen? Ich wäre mitgekommen.«
»Ich wollte allein sein.«
Ich machte genau das Gesicht, das Pieretto gemacht hätte, und es tat mir gleich darauf leid. Schuldbewußt wie ein Hund schlug Oreste die Augen nieder.
»Steckt da nicht jemand dahinter?«
Oreste antwortete nicht und blickte auf die Zigarette.
»Gehn wir auf die Terrasse«, sagte ich.
Dorthin gelangte man über ein Holztreppchen, das oben durch eine Falltür abgeschlossen wurde. Wir waren noch

nie hier hinaufgestiegen. Mittags lag Gabriella dort in der Sonne.
Auf Zehenspitzen gingen wir durch den Flur. Das Treppchen ächzte unter unserem Gewicht ganz elend. Oreste war als erster oben.
Es war eine Art kleiner Loggia unter freiem Himmel. Sie war von der frischen Morgensonne ganz überflutet. Ein Backsteinmäuerchen schloß sie ringsum ein und bildete mit aufgesetzten kleinen Säulen und Querbalken eine Pergola. Auf dem Mäuerchen standen Töpfe mit scharlachroten Geranien, und außen ragten die dunklen Spitzen der Pinien hervor.
»Nicht übel. Diese Frau versteht zu leben.«
Oreste sah sich bestürzt um. Schemel, Frottiermäntel und, gegen die Wand gelehnt, ein Liegestuhl.
Ich stellte mir vor, daß man vom Liegestuhl aus sicher nur Himmel und Geranien sah.
»Mein Lieber«, sagte ich zu Oreste, »die brauchen wir nicht mit zum Tümpel zu nehmen. Die ist schon dunkler als wir.«
»Meinst du, sie legt sich... so in die Sonne?« stammelte er.
»Hat sie dich aufgefordert, mit hier hinaufzukommen?«
Ich lächelte, und wiederum tat es mir leid. Oreste konnte die Augen nicht von den Bademänteln losreißen.
»Selig die Ameisen und Hummeln«, sagte ich. »Gehen wir hinunter!«
Wer hatte an jenem Morgen die Schuld? Ich, der ich Spaß machte? Noch heute gebe ich, wenn ich daran denke, dem Greppo die Schuld, dem Mond, Polis Gesprächen. Ich hätte zu Oreste sagen sollen: »Gehen wir nach Hause!« Oder mit Pieretto darüber sprechen. Vielleicht hätte ihn Pieretto noch zu retten vermocht. Aber Pieretto, dem

sonst nichts entging, merkte in jenen Tagen rein gar nichts.

Übrigens fand auch ich Gefallen an dem Spiel. Die Mittagszeit nahte, und Gabriella, die den ganzen Morgen in Shorts durchs Haus spaziert war, geschwatzt, die Türen zugeschlagen und Pinotta herumkommandiert hatte, verschwand plötzlich und ließ uns unter den besonnten Pinien oder in der ruhigen Veranda zurück, wo wir lasen oder einer dem andern zuhörten. Oreste und ich wechselten einen flüchtigen Blick: es war ein Geheimnis zwischen uns, und jene Sonnenstunde mit ihren murmelnden Gesprächen verfloß träge und allzu langsam. Eines Morgens, als Poli nach oben ging und ziemlich lange nicht zurückkam, sah ich, wie Oreste blaß wurde. Ich war nicht eifersüchtig auf Oreste; ich dachte nicht ernsthaft an Gabriella; doch fragte ich mich auch kaum, ob Oreste an sie dächte. Ich genoß jenes Spiel, das war alles. Es glich ein wenig einem neuen, ebenso harmlosen Tümpelgeheimnis, und dennoch gab ich acht, daß Pieretto nichts merkte. Pieretto war imstande, bei Tisch darüber zu sprechen.

Als ich daran dachte, Oreste zu sagen: ›Wartet denn nicht Giacinta auf dich?‹, merkte ich, daß es zu spät war. Es war an dem Morgen, da Oreste auf mein gewohntes Zwinkern nicht reagierte: er war nicht mehr er. Gabriella hatte mit ihm gesprochen. Nach dem nächtlichen Gewitter waren sie beim ersten Sonnenstrahl miteinander hinausgegangen, und ich sah sie vom Fenster aus lachend über die Wiese zurückkommen. Gerade an jenem Morgen hatte Poli sein Zimmer nicht verlassen; ich stieß unten auf Pieretto und Pinotta, die miteinander flüsterten, und Pinotta sah mich scheel an. Pieretto sagte, da hätten wir die Bescherung. »Der Dummkopf hat wieder ›geschluckt‹.« Pinotta erzählte, man habe sie gerufen, damit sie das Erbrochene von den Decken abwasche. »Ist das schon sonst vorgekommen?« fragte Pieretto. »Immer, wenn sie zuviel trinken«, sagte sie.

Am Abend zuvor hatten wir nur Orangenlimonade getrunken. Die drückende Luft, die ersten Blitze hatten uns sogar in eine gewisse Unruhe und schlechte Laune versetzt, die bei mir zu einem Unbehagen, zu einem richtigen Gefühl von Schuld geworden war; so hatte ich das Gespräch auf unseren Aufenthalt auf dem Greppo gelenkt und gesagt, es wäre nun Zeit für uns, wieder zu gehen. Sie waren alle – auch sie – über mich hergefallen, um mir klarzumachen, wie herrlich man es hier habe und wieviel wir noch unternehmen müßten. »Die einzige, die sich beklagen könnte«, sagte Poli, »ist Pinotta. Aber Pinotta darf sich nicht beklagen.« Ich hatte daraufhin geäußert (das grelle Licht der Blitze erhellte die Pinien), ich könne nicht begreifen, warum sie ganz allein auf den Greppo kämen, wenn sie dann unsere Gesellschaft nötig hätten. »Oh, was sind Sie eingebildet«, hatte Gabriella gerufen; doch ein Donnerschlag hatte uns bewogen, hineinzugehen, und wir hatten nicht mehr darüber gesprochen. Jetzt folgte mir Pieretto ins Zimmer, und wir sprachen über Polis Rückfall.

»Ich habe es erwartet. Der Dummkopf macht Ernst«, sagte Pieretto. »Der Vater hat Lust, ihn auf dem Land zu lassen.«

»In einer Stunde steht er wieder auf«, fuhr er fort. »Gefahr besteht keine. Das kommt davon, wenn man ein Kind Gottes ist.«

»Notfalls gibt es Oreste«, bemerkte ich.

Pieretto verzog den Mund. Er dachte an Poli. »Er ist ein verdorbener Junge«, sagte er. »Schuld daran ist diese Welt, in der die Väter zu viele Millionen scheffeln. So finden sich die Söhne, statt sich wie jedes Tier vom Ufer abzustoßen,

bereits im tiefen Wasser, noch ehe sie schwimmen können. Und dann trinken sie. Weißt du, was für ein Leben man ihn als Junge hat führen lassen?«
Er erzählte mir eine üble Geschichte von Mägden, Gouvernanten, mit denen ihn Vater und Mutter bis zu seinem dreizehnten, vierzehnten Jahr auf dem Greppo umgeben hatten. Die hatten ihm jeden erdenklichen Unsinn beigebracht, vor allem den, daß man reich eben geboren werde und daß es recht und billig sei, daß die Frauen sich vor der ›Mamma‹ verbeugten. Vor Gott, wohlverstanden, seien sie alle dessen Kinder. Und dann hatte ihn, als er noch nicht zwölf Jahre war, eine Magd zu sich ins Bett geholt und ihm monatelang das Mark aus den Knochen gesogen. Damit nicht zufrieden, nahm sie ihn mit in den Wald, und dort spielten sie Haschen, so daß Poli bereits ein Wüstling wurde, bevor er ein Mann war. »Für ihn besteht das Leben aus solchen Dingen«, sagte Pieretto. »Er hat seiner Mutter Schlafmittel gestohlen, nur um eine Droge zu schlucken. Er hat Tabak gekaut, hat die Mägde geohrfeigt, um einen Vorwand zu haben, wenn er sie umarmte und sich abknutschen ließ...«
»Das Schwein ist *er*«, sagte ich ungeduldig. »Was hat das Geld damit zu tun? Unter seinesgleichen sind nicht alle so.«
»Doch, alle«, sagte Pieretto. »Er hat aber das eine, was auch die Frau immer betont: daß er naiver ist als die anderen. Und er macht Ernst, weißt du. Du wirst sehen, wenn er nicht stirbt, wird er Buddhist.«
Das war in dem Augenblick, als ich Oreste und Gabriella lachend ankommen sah. Sie rutschten auf dem steil abfallenden Gras und lachten.
Ich sagte zu Pieretto: »Und Gabriella? Nimmt sie kein Kokain?«

»Gabriella führt uns alle an der Nase herum«, sagte er. »Das macht ihr Spaß.«

»Aber warum bleiben sie zusammen?«

»Sie sind es gewohnt, sich zu zanken.«

»Ist es nicht möglich, daß sie sich auch gut sind?«

Pieretto lachte auf die ihm eigene Art und pfiff durch die Zähne. »Diese Leute«, sagte er, »haben keine Zeit zu verlieren. Ihre Probleme sind einfacher. Sie fallen immer auf die Seite des Geldes.«

Dann gingen wir in die Veranda hinunter, wo wir Oreste und Gabriella antrafen. Gabriella war schon bei Poli gewesen, der ein eigenes Schlafzimmer hatte, und hatte uns beim Hinunterkommen zugerufen: »Der Kranke ist auferstanden.« Niemand sprach von der Droge. Wir vergaßen Poli wohl nur darum, weil ihre und Orestes Augen so lachten. Wir sprachen weiter über den Plan, am anderen Tag auf ein Dorffest tanzen zu gehen – und zwar in einem Dorf, das für seine Kirmes Ende August berühmt war.

Als Gabriella mittags unsichtbar wurde, warf ich einen raschen Blick auf Oreste – und da merkte ich, daß er mir nicht antworten wollte. Er saß für sich allein und brütete vor sich hin. Aber seine Augen glänzten noch immer. Da dachte ich ernsthaft an Giacinta.

XXII

Um uns zum Fest zu bringen, fuhr Oreste heim und holte den Einspänner. Der faßte allerdings nicht mehr als drei Personen. Poli hatte Kopfweh, und dort unten mußte man ja tanzen. Da sagte ich, ich wollte auch auf dem Greppo bleiben, denn ich hatte ihn nun schon liebgewonnen, und so ein freier Tag hat auch sein Schönes.

»Ihr seid Flegel«, sagte Gabriella, die schon zwischen Oreste und Pieretto im Wagen saß. »Aber schade ist es doch.«

Grüßend und lachend fuhren sie ab. Ich verbrachte den Morgen bei der kleinen Frauenhaar-Grotte. Dort ragte die Böschung bis in den Himmel, und ein Röhricht verbarg die Ebene. Das weckte die Erinnerung an frühere Zeiten – vielleicht war da oben ein Weinberg gewesen. Ich legte mich nackt vor dem Eingang der Grotte in die Sonne. Seit den Tagen am Tümpel hatte ich es nicht mehr getan. Ich staunte, wie braungebrannt ich war, fast so dunkel wie die Stengel vom Frauenhaar. Während meine Augen umherschweiften, ging mir vieles durch den Kopf. Aus dem Buschwald, der die Lichtung umschloß und schützte, konnte jemand auftauchen, aber wer? Nicht die Köchinnen, nicht Poli. Die Geister der Felsen und Wälder vielleicht, oder ein Tier vom Greppo – Wesen, die nackt und wild waren wie ich. Die weiße Mondsichel am hellen Himmel über dem Röhricht gab dem Tag etwas Magisches, Sinnbildhaftes. Warum besteht eine Beziehung zwischen nackten Leibern, Mond und Erde? Sogar Orestes Vater hatte darüber gescherzt.

Mittags ging ich zur Villa zurück, die alt und weiß wie der Mond zwischen den Pinien stand. Ich bummelte hinter dem Haus am Gewächshaus vorbei und sah hinter einem Fenster den rothaarigen Kopf Pinottas, die auf einem Brett Wäsche bügelte. Während ich durch die offene Tür auf jene reich mit bunten Blumen gefüllten Vasen blickte, kam der alte Rocco heraus und brummte etwas. Wir kamen ins Gespräch. Er fand, ich sähe gut aus.

Ich sagte, auf dem Greppo atme man eine gute Luft, wenn Poli ein so gesunder und lebhafter Signore war, dann verdanke er das vielleicht den Jahren, die er auf dem Greppo

verbracht habe. Pinotta, wie immer verärgert dreinblikkend, spitzte die Ohren.
»Ja, ja«, sagte Rocco, »Luft ist hier schon.«
›Das wäre so was‹, dachte ich, ›wenn Poli auch mit der schlafen würde.‹
Ich mußte lächeln, weil Rocco mich von der Seite ansah. Dann spuckte er den Zigarrenstummel in die Hand, eine grobe, gebräunte Hand, und brummte wieder etwas.
Er beklagte sich über die Jahreszeit. Das Wasser im Bekken, sagte er, reiche nicht aus, es müsse mit den Händen heraufgezogen werden. Früher habe es eine Pumpe gegeben, aber die sei jetzt zerbrochen.
Da fragte ich ihn, woher unser Trinkwasser komme. »Vom Ziehbrunnen«, sagte Pinotta am Fenster. »Und wer zieht es herauf?« Der rote Kopf geriet in wilde Bewegung. »Ich ziehe es herauf!«
Ich wollte mit Rocco sprechen, mir den Wald und das Leben von früher beschreiben lassen, aber die runden Augen Pinottas ließen keinen Augenblick von mir ab.
Da fragte ich, ob oben auf der Terrasse jemand bade und mit was für Wasser. Pinotta grinste auf ihre besondere Art. »Auf der Terrasse nimmt die Signora ihr Sonnenbad«, sagte sie.
»Ich dachte, Sie brächten ihr das Wasser hinauf.«
»Ich habe doch keinen Mord abzubüßen!«
Sie hatte Mut bekommen und fragte mich, warum ich nicht zum Fest gefahren sei. Dieses Thema interessierte auch Rocco. Sie sahen mich erwartungsvoll an, so als lauschten sie an einer Tür.
»Wir hatten nicht alle Platz in dem Einspänner«, sagte ich kurz.
Der alte Rocco schüttelte den Kopf. »Zu viele Leute«, murmelte er, »zu viele Leute.«

Poli, der vom Tag zuvor noch ganz zerschlagen aussah, kam einen Augenblick zum Essen herunter, verschwand dann und erschien erst wieder beim Dunkelwerden. Den ganzen Tag über hatten wir keine zehn Sätze miteinander gesprochen; wir wußten nicht, was wir einander hätten sagen sollen; er lächelte jenes müde Lächeln und bummelte umher. Ich blätterte den ganzen Nachmittag in den alten Büchern im Spielzimmer, vergilbte Alben, alte Nachschlagewerke und gebündelte Illustrierte. Als Poli in der Dämmerung hereinkam, hob ich den Kopf und sagte:

»Ob sie zum Abendessen zurückkommen?«

Poli sah auf, und sein Gesicht wurde heller. »Ich denke, wir trinken inzwischen einen kleinen Likör«, schlug er vor.

Dazu setzten wir uns unter die Pinien.

»Die Zeit vergeht«, bemerkte ich. »Auch hier oben, wo alles festzustehen scheint. Sie sind im Grunde gern allein.«

Er lächelte. Er war in Hemdsärmeln, an dem gebräunten Hals trug er das Kettchen. »Warum«, fing er an, »sagen wir nicht du zueinander? Wir sind beide Freunde von Oreste.«

So duzten wir uns. Er erkundigte sich höflich nach meinem Leben in Turin und was ich tun würde, wenn ich nach Turin zurückgekehrt wäre. Wir sprachen von Pieretto. Ich erzählte ihm, die Frauen bei Oreste zu Hause hätten ihn für einen Theologen gehalten, und er lachte, wurde lebhafter und sagte, Pieretto tauge mehr, habe jedoch den einen Fehler: er glaube nicht an die tiefen Kräfte, an die unbewußte Unschuld, die in uns sei.

Ich fragte ihn, ob er den Winter auf dem Greppo zubringen werde.

Er bejahte schweigend mit starrem Blick.
»Ich denke immer«, sagte ich, »es muß dir einen gewissen Eindruck machen, hier zu leben, wo du als Kind gewesen bist. Für dich muß hier alles eine Stimme, ein eigenes Leben haben. Zumal jetzt.«
Poli schwieg und sah mich groß an.
»...Als ich hierherkam, hat es selbst mich berührt«, sagte ich. »Stell dir das vor! Ich war ja nie hier. Aber dieses Gemisch von Verlassenheit und von Wurzeln – nicht einfach Land, es ist noch etwas mehr – hat mich im höchsten Grade interessiert. War es damals, als du hier lebtest, auch schon so?«
Er sah mich verbohrt an.
»Das Haus war dasselbe«, sagte er, »es gab mehr Leute, mehr Bedienung, aber verändert hat man nichts.«
»Ich meine nicht das Haus, ich spreche von den Wäldern, den unbestellten Weinbergen, von dieser wilden Luft. Heute morgen habe ich ein Sonnenbad an der Grotte genommen, und da schien es mir, als hätte der Hügel richtig Blut, eine Stimme, als lebte er.«
Ich sah, wie er sich zusammennahm.
»...Du bist hier schon so lange, hast du nie auf dem Greppo an so etwas gedacht?«
Ich redete, und im Innern sagte ich mir: ›Wenn du verrückt bist, hier hast du noch einen. Wer weiß, ob wir nicht eines Tages gut zusammenstimmen.‹
Doch Poli sagte, sein Glas krampfhaft in der Hand drehend: »Wie alle Jungen war ich versessen auf Tiere. Wir hatten Hunde, Pferde, Kätzchen. Ich hatte ›Bub‹, einen irischen Traber, der sich dann das Genick brach... An den Tieren gefällt mir die Lässigkeit, sie sind freier als wir...«
»Vielleicht hast du in den Tieren gefunden, was ich von

dem Hügel sage. Mochtest du auch die wilden leiden, die Hasen, die Füchse?«

»Die mochte ich nicht«, sagte Poli entschieden. »Ich habe mit den Tieren gesprochen, wie ich mit euch spreche. Mit wilden Tieren kann man nicht sprechen. ›Bub‹ mochte ich, weil er sich peitschen ließ. Die Kätzchen mochte ich, weil ich sie im Schoß halten konnte. Verstehst du«, sagte er, und sein Gesicht wurde heller, »wie mit einer Frau, wie das Zusammensein mit der Mutter...«

»Nein, die Mutter ist etwas anderes«, fing er wieder an. »Die Ärmste, die hat mich was ausstehen lassen! Im Winter ging sie nach Mailand, und ich verbrachte Weihnachten allein mit den Dienstboten und dem Schnee. Ich stand im Dunkeln am Fenster und sah auf den Schnee, und wenn die Frauen mich suchten, gab ich keine Antwort, um sie zur Verzweiflung zu bringen...«

»Da hast du eine Erinnerung an den Winter«, sagte ich.

»Die Mamma lebt nicht mehr«, sagte Poli. »Du hast recht. Für mich ist es auf dem Land immer Winter.«

So verging jener Abend, und um Mitternacht mußten wir essen. Pinotta musterte uns, wie wir so zu zweit an jenem Tisch saßen, und schien sich recht zu amüsieren. Sie schlurfte herein und hinaus. Ich fühlte mich, noch stärker als Poli, irgendwie beklommen. Wir tranken viel, und auf einmal, ich weiß nicht wie, sprach ich von Rosalba. Ich fragte ihn, wo sie sei, wie es ausgegangen sei damals.

»Oh«, sagte Poli melancholisch, »sie ist tot.«

XXIII

Als die drei am Morgen auf ihrem Einspänner ankamen, war ich benommen und heiser. Die ganze Nacht hatten wir vom Tod Rosalbas gesprochen. Poli wußte nicht allzuviel. Sie hatte sich dort bei den Nonnen das Leben genommen – Gift, ein Schlafmittel –, als er ans Meer gereist war. Wir waren unter den Pinien auf und ab gegangen, immer um das Wasserbecken herum, und hatten leise geredet, geredet bis in den Morgen. Poli sagte, der Tod sei gar nichts, wir führten ihn nicht selbst herbei, in uns sei Freude, sei Friede und sonst nichts.

Da fragte ich ihn, ob das Kokain ein Teil dieses Seelenfriedens sei. Er entgegnete mir, irgendwelche Drogen brauchten wir alle, vom Wein bis zu den Schlafmitteln, vom Nudismus bis zu den Grausamkeiten der Jagd. »Was hat der Nudismus damit zu tun?« Er habe sehr wohl damit zu tun: es gäbe Menschen, die aus bloßer Freude am Vertieren und am Schänden der menschlichen Norm nackt unter die Leute gingen.

Die Nacht war nicht lang genug, ihm das Zugeständnis zu entlocken, daß zwischen dem Selbstmord und dem Tod durch Krankheit oder Unglück eine Kluft sei. Poli sprach von Rosalba mit der stockenden Stimme eines erschütterten Jungen; er sprach gerührt von damals, als er fast gestorben wäre. Niemand sei an irgend etwas schuld; Rosalba sei tot; das wäre für sie beide das beste.

Die ganze Nacht, fast als sollte er recht behalten, tranken wir, stritten und rauchten. Noch beim ersten Sonnenstrahl saßen wir in den Sesseln, und Pinotta, das Haar zerzaust, machte uns Kaffee. Zwischen den Nadeln der Pinien schimmerte der Mond. Jetzt sprachen wir von der Jagd und dem armen Wild. Poli sagte, von allen Drogen begreife er nur eine nicht: vergossenes Blut; Rosalba habe ihn gelehrt, daß am Blut etwas Teuflisches sei. »Jetzt will Oreste zur Jagd. Er begreift nicht, daß ein Mann Ekel davor haben kann. Er soll gehen und die andern in Ruhe lassen...«

Das Tageslicht beruhigte mich ein wenig, aber die Spannung, die Müdigkeit und der dumpfe Groll ließen mich keinen Schlaf finden. Als ich die lustigen Stimmen auf dem Vorplatz hörte, packte mich eine Wut gegen Pieretto, der sicher von allem wußte und mir kein Wort gesagt hatte. Ich ging nicht sogleich hinunter; ich starrte an die Decke, ohne daß ich etwas sah, und dachte mir, Rosalba, das Kokain, das vergossene Blut, der Hügel, all das wäre ein Traum, ein Possen, den man mir spiele, den alle in heimlichem Einverständnis gegen mich ausgeheckt hätten. Ich brauchte nur hinunterzugehen, so zu tun, als sei nichts gewesen, mich nicht ins Spiel ziehen zu lassen, ihm ins Gesicht zu lachen, o ja...

Ein ohrenbetäubender Lärm riß mich aus dem Bett. Ich eilte ans Fenster und sah, wie sie lachend vom Einspänner sprangen. Oreste schwang eine rauchende Flinte, Gabriella war mit dem Kleid am Kutschbock hängengeblieben und schrie, die Haare vom Wind zerzaust: »Helft mir herunter!«

Pinotta und die Köchin kamen gelaufen; Poli trat vors Haus. Man begrüßte einander, redete miteinander. Der Wein, die Kirmes, die Wassergräben. »Was haben wir gelacht!« sagten sie. »Wir sind durchs Dorf von Oreste gekommen.« Das Pferd stampfte mit gesenktem Kopf.

Ich ging ebenfalls hinunter; es wurde Mittag, bis der Tumult zur Ruhe kam. Sie waren in die Polsterstühle gesunken, stöhnten und schrien durcheinander, wenn sie bald dies, bald das erzählten. Die drei verstanden sich prächtig, das kam von der gemeinsamen Ausgelassenheit. Leute seien das, sagten sie, die könnten sich noch amüsieren; was für Dörfer; und Pieretto war in einem Graben gelandet, hatte sich mit einem Gastwirt herumgeschlagen; dann hatten sie die Glocken gezogen, den Küster herausgeläutet, in einem Weinberg Trauben gestohlen...

»Also, Poli«, sagte Pieretto, auf der Armlehne von Gabriellas Sessel sitzend, »hast du deine Flinten bereit? Wir andern machen als Hunde mit.«

Zur Mittagszeit trat wieder Ruhe ein. Gabriella ging nach oben, um sich zurechtzumachen. Ich betrachtete Oreste, er war ruhig und glücklich. Man sah es seinen Augen an, daß er mit Gabriella vertrauter geworden war. Man brauchte ihn gar nichts zu fragen.

Unbegreiflich war mir Pieretto, der wieder angefangen hatte, mit Poli zu witzeln. Sie sprachen von einem Bauern, der Polis Großvater gekannt und der erzählt hatte, wie viele Bräute der Alte in jenen Dörfern geschwängert habe.

»Es ist ein altes Familienvergnügen«, sagte Poli. »Ländereien gab's ja.«

»Schade«, sagte daraufhin Pieretto, »daß Gabriella dich gern hat. Sie könnte sonst diese Familienverpflichtung übernehmen. Du mußt sie öfter auf solche Feste schikken.«

Was auch immer Pieretto dabei im Sinn haben mochte – jedenfalls explodierte Oreste mit einem unartikulierten Schrei. Poli blickte bestürzt auf.

Oreste stand vor Pieretto und sagte kein Wort. Für eine Sekunde faßten sie einander ins Auge, purpurrot, aber schon hatte sich Pieretto gefaßt.

»Was ist in dich gefahren?« fragte er grob. »Ist dir der Schießstand übel bekommen?«

Oreste musterte ihn, musterte Poli, dann ging er wortlos hinaus.
Sowie wir allein auf der Treppe waren, fragte ich Pieretto, ob er das von Rosalba wisse. Ruhig entgegnete er, er wisse es schon eine Weile und habe es seit den Tagen in Turin auch erwartet. »Was sollte eine Frau in jener Lage schon tun? Eine Frau hat keine Ausflüchte. Sie sind zu keinem abstrakten Gedanken imstande... «
»Poli ist ein gewissenloser Halunke...«
»Das wußtest du nicht?« fragte er. »Wo lebst du eigentlich?«
Ich hätte ihn verprügeln können. Ich biß mir auf die Zunge. In jenem Augenblick kam Gabriella durch den Hausflur geflattert; sie rief uns einen Gruß zu und eilte nach unten.
»Was soll diese neue Verwicklung?« knurrte ich. »Wer von euch beiden hat sie verführt?«
»Wer sie verführt zu haben glaubt, willst du wohl sagen. Dieser Gimpel wurde noch nicht geboren.«
»Immerhin macht da doch einer Ernst.«
»Möglich ist alles«, grinste Pieretto. »Hast du ihm diesen Rat gegeben?«
Da begriff ich, daß Pieretto unschuldiger war als ich selbst. Ich nahm ihn, was ich nie getan hatte, beim Arm, und wir traten ans Fenster. »Seit drei Tagen geht das jetzt so«, sagte ich. »Und es kann etwas Dummes passieren. Ich sagte schon, es wäre besser, wir gingen. Von mir aus könnten sie einander ruhig umbringen. Mir liegt nichts an Poli... Aber mir liegt an Oreste.«
»Was erschreckt dich denn so? Die Flinte?« lachte Pieretto.
»Jedenfalls hast auch du daran gedacht. Es erschreckt mich, daß man mit Oreste nicht mehr reden kann...«

»Ist das alles?«
»Mir gefällt das Gesicht von Poli nicht. Mir gefallen seine Gespräche nicht. Mir gefällt diese Geschichte mit Rosalba nicht... «
»Aber Gabriella gefällt dir.«
»Nicht, wenn sie sich bis zum Umfallen betrinkt. Diese Leute sind anders als wir... «
»Aber das ist gerade das Schöne an ihnen«, rief Pieretto, »das ist das Schöne an ihnen.«
»Du selbst hast gesagt, sie verabscheuen einander.«
»Du Dummkopf«, sagte Pieretto, »die Leute, die einander verabscheuen, sind wenigstens ehrlich. Magst du ehrliche Leute nicht?«
»Oreste soll aber Giacinta heiraten... «
Wir fuhren fort, bis man uns unten zum Essen rief. Dort saß, unschlüssig und gelangweilt, Poli, widerhaarig Oreste, und Gabriella – mit frisch gewaschenem Haar – plapperte etwas über die roten Quasten der Ochsen und den abscheulichen Gestank von Azetylen.
»Ich mag den Azetylengeruch«, sagte Pieretto. »Er erinnert mich an die Buden und die kleinen Trompeten im Winter.«

XXIV

Ich wollte mit Oreste sprechen. Er wich mir nicht etwa aus, aber er zog ein halb sarkastisches, halb beleidigtes Gesicht, und das entmutigte mich. Ich hielt ihn auf der Treppe an und bat ihn, mir die Flinte zu zeigen.
»Wenn du zur Jagd gehst«, fragte ich ihn, »können wir dann mitkommen?« Flinte und Jagdtasche hatten sie im Billardzimmer auf einen Diwan geworfen.

Ich nahm eine rote Patrone aus dem Sack und fragte ihn: »Mit so einer willst du Poli umlegen?«
Er nahm sie mir aus der Hand und brummte: »Was hat er damit zu tun?«
Da fragte ich ihn, ob er mich anhören wolle. Leise sagte ich ihm (die anderen waren in der Veranda), wir stünden jetzt mit Poli alle auf du und müßten ihn nun auch behandeln wie einen Freund. Ob er etwa glaube, ihn wie einen Freund zu behandeln? Und was wohl noch vor zwei Wochen passiert wäre, wenn zum Beispiel Poli Giacinta nachgestiegen wäre, die ja nicht verheiratet sei? Wenn sie es wenigstens fertigbrächten, daß man nichts merkte. Eines Tages würde auch Poli, er möge noch so gleichgültig, noch so verrückt, noch so gewissenlos sein, nicht mehr darüber hinwegsehen können. Ob es nicht besser wäre, wir gingen sofort von hier weg? Gingen nach Hause zurück, behielten ein gutes Andenken? Bis wie weit er denn zu kommen hoffe?
Oreste hörte mich an, sein Gesicht war ganz rot, er wollte mich mehrmals unterbrechen. Doch als ich zu sprechen aufhörte, lächelte er trotzig und betrachtete mich wortlos von oben bis unten.
»Das ist nicht das gleiche«, stammelte er schließlich. »Ich nehme niemandem etwas weg. Und wir wollen uns gar nicht verstecken. Auch sie ist damit einverstanden.«
»Versteht sich, daß sie einverstanden ist. Sie ist eine Frau. Aber wie soll das enden mit euch? Weißt du das?«
Wieder sah er mich verbissen an. »Es ist mehr als ein Jahr her, daß sie auseinander sind«, sagte er. »Sie wollte ihn nicht mehr sehen. Polis Vater hat sie ihm hierhergeschickt. Sie soll versuchen, ihn hier festzuhalten, damit er nicht noch mehr Unheil anrichtet. Hast du gesehen, wie Poli sie behandelt?«

Ich hätte ihm antworten können, daß man einen Kranken nicht heilt, indem man ihn zum Trinken animiert und ihn damit in Wut bringt, daß man vor seinen Augen herumliebelt. Aber es wäre nutzlos gewesen: denn Oreste sprach in edler Entrüstung, mit jener trotzigen Röte, die bedeutet: ›jetzt oder nie‹.

»...Sie ist ein ungewöhnliches Mädchen«, sagte Oreste. »Du hättest sehen sollen, wie sie tanzte, wie sie lachte beim Fest, wie sie mit den Musikanten scherzte... Sie kann's mit allen ... «

»Und dir hat sie gesagt, du wärest der Mann für sie?«

Oreste nahm sich zusammen und sah mich an. Er sah mich von der Seite an, mit einem Ausdruck von Nachsicht. Seine Augen glänzten. Tage danach, als schon feststand, daß jenes Spiel mächtiger war als wir selbst, begriff ich, daß er mit diesem Blick seinen Ärger hatte verbergen und mich auch mit seinem Glück nicht hatte kränken wollen. Denn bei solchen Dingen empfanden wir Scham. Wir konnten nicht darüber sprechen.

»Übrigens«, sagte Oreste, »weiß es auch Poli. Nach der Turiner Geschichte... Sie lebte schon für sich allein...«

»Hat sie dir das gesagt? Und was tun sie dann hier miteinander?« So ging es weiter, bis man uns unterbrach. Es gelang mir nicht, ihn in Unruhe zu versetzen, diese seine Verbissenheit aufzulockern. Gabriella mußte gemerkt haben, daß man über sie sprach, denn sie kam, hakte sich bei uns ein und sagte: »Los, kommt, ihr Schwätzer«, und sah mich die ganze Zeit forschend an.

An jenem Nachmittag gingen wir auf die Jagd. Auch Poli kam mit. »Wir reden miteinander, die andern schießen«, sagte Pieretto zu ihm. Mir schien, Poli betrachte Oreste und seine Frau leicht amüsiert. Ab und zu blieb er stehen, hielt Pieretto zurück, hielt mich zurück, sagte uns, wie schön es sei, daß von allen den Bekanntschaften, die er in diesen Jahren gemacht habe, niemand ihn so gut verstehe wie wir zwei. Ich ließ Pieretto reden; schließlich überkam mich die Ungeduld, ich wandte mich von ihnen ab, als ein dichter Buschwald meine Flucht begünstigte. Ich wußte, Oreste und Gabriella mußten, um auf Fasane zu treffen, bis zu den Weinbergen hinunter, wußte, Gabriella dachte an die Fasane ebensowenig wie Oreste und Poli. Da beschloß ich allein zu bleiben, mir ein Ufer, Schilf und den Horizont zu suchen. Das tat ich und begann zu rauchen.

Gewiß, es war hart, Gabriella nicht zu sehen, sie nicht reden zu hören, nicht an Orestes Stelle zu sein. Ich fragte mich, ob in unserem letzten Zwiegespräch bei mir Ärger und Groll im Spiel gewesen wären. Der Gedanke, daß nun einer von uns vergnügt mit ihr durch den Wald zog, womöglich ins Gartenhäuschen, und daß sie bei hellichtem Tag zusammen... Ich dachte an den Po zurück, an den Tümpel. Wo war nun jener Todesgeruch des Sommers? Und all das Geplauder, alle die Gespräche zwischen uns?

Ein Flintenschuß knallte. Ich horchte. Dann hallten lustige Stimmen herauf, ich unterschied die von Pieretto. Wieder ein Schuß. Ich stand auf und suchte mit den Augen das Rauchwölkchen zwischen den Weinbergen. Sie waren ganz unten, fast bei den Hainbuchen. »Blöde, die zwei«, knurrte ich, »schießen wahrhaftig auf Fasane.« Ich warf mich wieder ins Gras und lauschte auf die Stimmen der Natur, auf das Nachzittern der Schüsse, auf das Leben des Greppo, an dem ich mich jetzt ruhig in allen seinen Höhlen freuen konnte, und auf seinen Frieden.

Wir stiegen wieder bergauf, als der Schatten des Greppo schon die Ebene füllte. Sie hatten an die zehn Spatzen erlegt und zeigten sie mir: blutbespritzt lagen sie zwischen den Patronen in der Jagdtasche. Gabriella reichte Oreste und Pieretto den Arm, mit mir schmollte sie; sie fragten mich, wo, zum Teufel, ich gesteckt hätte. »Das nächste Mal schießen sie auf dich. Paß nur auf«, sagte Poli ganz ruhig zu mir.

Bei Tisch wurde erneut von der Jagd, von den Fasanen und den möglichen Treffern gesprochen. Oreste redete sich in Feuer, überzeugt wie schon lange nicht. Gabriella verschlang ihn mit den Augen, sie sah verwirrt aus und war nicht bei der Sache. »Davide und Cinto haben sich an das Schongebiet herangemacht«, sagte Oreste. »Warum wechselst du nicht den Waldhüter?«

»Besser so«, sagte Poli, »die Jagd ist ein Spiel für kleine Jungen.«

»Für Prinzen«, sagte Pieretto, »für feudale Herren. Das, was es auf dem Greppo braucht.«

Dann rollte sich Gabriella auf dem Polsterstuhl zusammen, hörte unseren Gesprächen zu und forderte weder Spielkarten noch Musik. Sie rauchte und hörte zu, sah uns der Reihe nach an und schien zu lächeln. Man brachte Getränke, aber sie wollte nichts davon haben. Ich betrachtete Polis Gesicht und fragte mich, wie wohl die Abende auf dem Greppo gewesen waren, wenn Poli und Gabriella allein hier lebten. Wir mußten ja eines Tages fortgehen, und auch sie mußte gehen. Was war diese Villa an Winterabenden? Mich befiel ein plötzlicher Gram, eine Trostlosigkeit bei dem Gedanken, daß der Sommer auf dem Greppo, die Liebe von Oreste, jene Worte, jene Stille und wir selbst, alles binnen kurzem vorbei sein würde.

Doch Gabriella sprang auf, dehnte sich seufzend wie ein kleines Mädchen und sagte, ohne uns überhaupt anzusehen: »Macht das Licht aus. Nicht wahr, Oreste, wenn man

die Fledermäuse sehen will, muß man das Licht ausmachen?«
Sie setzten sich auf die Stufen und wir hinter ihnen. Es waren wohl noch mehr Sterne da als Grillen. Wir redeten über Sterne und Jahreszeiten. »Der letzte Stern taucht morgens dort unten auf«, sagte Oreste. Die beiden, er und Gabriella, gingen zwischen die Bäume; sie wanderten Seite an Seite, Wange an Wange hin und her; wir hörten, wie es raschelte. Es war sonderbar zu denken, daß Poli unter uns saß. Für einen Augenblick schien es mir, als wäre er der einzige Gesunde. Wir andern schwiegen beklommen, und Poli sagte: »Es ist wie in der Nacht, als wir auf Turin hinabsahen.«
»Etwas fehlt«, murmelte ich.
»Die Stimme fehlt.«
Da stieß Pieretto – ich hörte ihn keuchen – jenes Gebrüll aus, brach mitten darin ab und grinste. Dann hörte man im Haus Getrampel, Türen knallten, und von weit her antwortete, schon schwach, die Stimme von Oreste.
»Hoffentlich erkältet sich Gabriella nicht«, sagte Poli.
»Wollt ihr nicht etwas trinken?« fragte Pieretto.

XXV

»Wie gern möchte ich noch in eine Bar gehen«, sagte Pieretto, als wir mit der Flasche auf die Stufen zurückkamen, »an einem Kino vorbei, die Nacht in Turin verbummeln. Ihr nicht?«
»Manchmal«, sagte Poli, »frage ich mich, ob Frauen das begreifen. Ob sie begreifen, was ein Mann ist... Entweder stürzen sie auf ihn los, oder sie laufen ihm weg, damit er ihnen nachsetzt. Keine Frau kann allein sein.«

»Um ein Uhr nachts triffst du welche«, sagte Pieretto.
»Es gab eine Zeit, da hielt ich sie für sinnlich«, sagte Poli und blickte zu Boden. »Ich glaubte, wenigstens darauf verständen sie sich. Aber nein! Sie gehen nicht über ihre Haut hinaus. Keine Frau ist auch nur soviel wert wie ein bißchen Droge, das man zwischen zwei Finger nimmt.«
»Das hängt ja auch wohl vom Mann ab«, brummte ich.
»Die Sache ist die«, sagte Poli, »daß ihnen das innere Leben abgeht. Die Freiheit. Deswegen laufen sie dauernd jemandem nach, ohne ihn zu finden. Die Interessantesten sind die, die verzweifeln, die, die nicht genießen können ... Die befriedigt kein Mann. Das sind wahre femmes damnées.«
»Dans les couvents«, sagte Pieretto.
»Ach wo«, sagte Poli, »in den Zügen, in den Hotels, in der ganzen Welt. In den besten Familien. Frauen, die ins Kloster und ins Gefängnis eingeschlossen werden, sind solche, die einen Liebhaber gefunden haben... Der Gott, zu dem sie beten, oder der Mann, den sie getötet haben, läßt sie keinen Augenblick los, und sie haben den Frieden... «
Ich horchte auf ein Knistern und hoffte, Oreste und Gabriella kämen zurück und es sei Schluß. Aber es war ein Pinienzapfen oder eine Eidechse.
»Was du da sagst, hat zu dir keine Beziehung«, sagte Pieretto. »Oder willst du jemanden töten?«
Poli zündete sich eine Zigarette an, und dabei wurde sein Gesicht mit den halb geschlossenen Augen sichtbar. Er schien betroffen. Aus dem Dunkel heraus sagte er: »Ich bin nicht altruistisch genug, das zu tun. Das ist kein Vergnügen, das mich lockt.«
»Er überläßt es dem Betreffenden, sich selbst umzubringen«, sagte ich zu Pieretto.
Wir schwiegen lange und betrachteten die Sterne. Vom Hü-

gel stieg ein süßer Duft, fast wie von Blumen, in die Kühle der Pinien hinauf. Ich erinnerte mich jener Jasminsträucher am Gartenhaus, deren Blüten dereinst im Walddunkel gewiß wie lauter Sterne aussahen. Ob jener Pavillon jemals bewohnt war?

»Die Tiere«, sagte Poli, »verstehen den Menschen. Sie können besser allein sein, besser als wir ... «

Endlich erschien Gabriella; sie rannte. »Du kriegst mich nicht«, rief sie laut. Dann tauchte, ruhiger, Oreste auf.

»Deine Blume«, sagte er zu ihr.

»Oreste sieht im Dunkeln wie eine Katze«, lachte sie. »Im Dunkeln duzt er mich auch.«

»Hört mal«, sagte sie. »Duzt ihr mich doch alle – und fertig.«

Als wir wieder hineingingen und Licht machten, waren wir ganz unbefangen. Wir verteilten uns im Saal in die Sessel, und Gabriella suchte trällernd eine Platte heraus. Sie hatte eine Oleanderblüte im Haar. Dann versank sie in einem Sessel und lauschte der Kanzone. Es war ein weicher synkopierter Blues, ein volltönender Alt. Oreste stand schweigend beim Plattenspieler.

»Schön«, sagte Pieretto. »Das haben wir noch nie gehört.«

Gabriella lächelte und lauschte.

»Ist es eine von Maras Platten?« fragte Poli.

So endete jener Abend, und wir gingen zu Bett. Ich schlief schlecht, schlief einen bleiernen Schlaf. Pieretto kam zu mir ins Zimmer und weckte mich, als die Sonne schon hoch stand.

»Ich habe Kopfweh«, sagte ich zu ihm.

»Du bist nicht der einzige«, sagte er. »Hör nur, da geht es schon wieder los!« Die Altstimme der Schallplatte hallte durchs Haus. »Sind sie verrückt? Um diese Zeit!«

»Es ist Oreste, der seine Schöne begrüßt«, sagte Pieretto. »Die andern schlafen.«
Ich steckte den Kopf in die Waschschüssel und schnaubte. »Übertreibt Oreste da nicht?«
»Blödsinn!« sagte Pieretto. »Aber Poli, den verstehe ich nicht. Ich hätte nicht gedacht, daß er sich beschweren würde, nun sieht es so aus, als wollte er doch keine Hörner.«
Ich kämmte mich gerade und hielt inne. »Wenn ich recht verstanden habe«, sagte ich zu ihm, »hat Poli die Frauen satt. Er sagte, daß sie ihm den Atem nehmen. Er zieht die Tiere vor oder Leute wie uns.«
»Aber nicht im Traum! Merkst du nicht, wie er sich abquält, wenn er von Frauen spricht? Er ist ein Dummkopf, verliebt...«
Als wir hinuntergingen, war die Kanzone schon eine Weile verklungen. Pinotta, die Staub wischte, sagte uns, Oreste sei, sowie er die Platte aufgelegt habe, im Einspänner weggefahren und habe gesagt, er wäre gegen Mittag zurück.
»Da haben wir's«, sagte Pieretto. »Er hat keine Ruhe mehr.«
»Er wird mit dem Rad zurückkommen.«
Pieretto lachte sich eins, und auch Pinotta sah mich unverschämt an.
Ich konnte nicht an mich halten. »Wer weiß«, brummte ich, »was für eine Wirkung der Bahnhof auf ihn hat...«
»Er wird ihm guttun, er wird ihm guttun«, und Pieretto rieb sich die Hände. Dann sagte er zu Pinotta: »Haben Sie an die Zigaretten gedacht?«
Um elf Uhr, als ich es nicht mehr aushielt, ging ich nach oben und klopfte an Polis Tür. Ich wollte ihn um Aspirin bitten. »Herein!« sagte er. Er lag im Bett unter dem Balda-

chin in einem schönen granatroten Pyjama, und am Fenster saß, schon in Shorts, Gabriella.
»Entschuldigt... «
Sie sah mich amüsiert an.
»Dies ist der Tag der Besuche«, sagte sie.
Da war irgendeine Verwicklung. Die Gesichter gefielen mir nicht.
Sie stand selbst auf, um mir das Mittel zu holen. In roten, blitzblanken Pantöffelchen ging sie durchs Zimmer und kramte in einer Schublade. »Hoffentlich nehme ich nicht das falsche«, sagte sie lachend in den Spiegel.
»Es liegt im Bad«, sagte Poli.
Gabriella schlüpfte hinaus.
»Es tut mir leid«, stammelte ich. »Gestern nacht haben wir nicht geschlafen.«
Poli sah mich an, ohne zu lächeln, verdrossen. Ich hatte den Eindruck, er sähe mich gar nicht. Er bewegte die Hand, und erst da merkte ich, daß er rauchte.
Gabriella kam zurück und reichte mir das Röhrchen. »Wir kommen gleich hinunter«, sagte sie.
Ich verbrachte mit meinem Kopfweh den Morgen bei der Grotte. Ich fragte mich, ob man von Gabriellas Loggia aus das Röhricht sehen könnte, wo ich war. Ich dachte an die alte Giustina, an Orestes Mutter und daran, was sie wohl sagen würden, wenn sie wüßten, was auf dem Greppo geschah. Doch an jenem Morgen fühlte ich mich ruhiger, das Schwerste schien überstanden, und alles würde sich noch einrenken. So ein Teufelskerl, sagte ich mir, wo er doch schon ein Mädchen hat! Man sieht, er ist so veranlagt.
Als ich wieder oben anlangte, traf ich niemanden an und blieb unter den Pinien. Ob Oreste wohl zurückgekehrt war? Die Ebene dampfte zwischen den Stämmen im Licht. Jedesmal, wenn ich von jenen Streifzügen zurückkam,

dachte ich, es könne der letzte gewesen sein. Doch solange uns Poli nicht fortjagte, hieß das, daß er sich überwunden hatte, uns zu ertragen; hätte Pieretto recht gehabt, so hätte Poli uns schon nach draußen befördert. Er, Poli, war stets der gleiche; er ertrug Oreste nur, um Pieretto zu haben, und schließlich so unter der Hand auch mich, um des Redens willen, aus Trägheit. Um sich, wie üblich, auszuschimpfen.

Oreste war leider gekommen. Pieretto sagte es mir: »Sie nehmen auf der Terrasse ein Sonnenbad.« Dabei machte er ein unschuldiges Gesicht, und Poli neben ihm schien nichts dabei zu finden. Er sah nicht aus, als hätte er viel geschlafen. Er rauchte, und ich sah, daß er keine ruhige Hand hatte.

»Sie sind oben in der Sonne?« stammelte ich.

Da sahen sie mich an, wie man einen Störenfried ansieht. Dann unterhielten sie sich weiter über Gott.

Doch beim Essen sagte Poli etwas. Er beschwerte sich, fragte, wem von uns er das Vergnügen verdanke, um sieben eine Platte gehört zu haben. Er fing sogar mit Gabriella Streit an, daß sie ihn geweckt habe. Voller Groll sagte er: »Alles zu seiner Zeit.«

Gabriella warf ihm einen wütenden Blick zu. Oreste aber, betroffen, gab sich scherzend als den Schuldigen aus.

Wir schwiegen alle, Gabriella sah zu ihm hin. Sie war richtig zornig. »Leben zu müssen unter Irren und Kindsköpfen«, sagte sie böse voller Abscheu.

Da warf Oreste mit rotem Gesicht seine Serviette hin und ging hinaus unter die Pinien.

XXVI

Es folgte ein Nachmittag peinlichen Schweigens. Orestes Abwesenheit warf die Jagdpartie über den Haufen; Gabriella zog sich zurück, um Briefe zu schreiben; Pieretto sagte: »So ein Idiot!« und ging schlafen. Der einzige, der gelassen schien, war Poli. Er saß im Saal, blätterte in Zeitschriften und hatte die Kognakflasche neben sich. Als er mich wie eine Seele im Fegefeuer am Fenster vorbeigehen sah, fragte er mich, warum ich nicht trinken käme und Pieretto nicht mitbrächte. Da zog ich mich auf den Vorplatz zurück, rief Pieretto und machte mich davon.

Ich ging bis zu den Hainbuchen und noch weiter hinab. Das hatte ich bisher noch nie getan. Ich gelangte wieder auf das rote Sträßchen der Hochebene; es war staubig und voller Ochsenmist. Ein Schwarm kleiner gelber Schmetterlinge gaukelte darüber hin. Jener heiße Geruch nach Klee und Stall tat mir gut. Er sagte mir, daß die Welt mit dem Greppo nicht zu Ende war. Ich nahm all meinen Zorn zusammen und beschloß, noch am gleichen Abend zu verkünden, daß ich nach Turin zurückkehren wollte.

Als ich die Straße wieder hochstieg, betrachtete ich zum letztenmal den Hügel. Von unten sah man nur die Pinien und die schroffen, mit Gestrüpp bestandenen Hänge. Er war wirklich wie eine Insel, der Greppo, ein wildes Gelände ohne Nutzen. In jenem Augenblick hätte ich schon weit weg sein und von meinem gewohnten Leben aus daran zurückdenken müssen, so sehr hatte ich ihn nun schon im Blut, jenen Berg.

Ich begegnete Rocco, der gemächlich herunterkam. Er sagte, oben suche man mich. »Wer sucht mich denn?«

Nun, die vier, in aller Ruhe, meinte er. Sie säßen beim Tee bei den Pinien. »Auch der Doktor?« – Auch der Doktor!
Sie sind verrückt, dachte ich; und ich langte recht vorsichtig oben an. Gabriella, die einen rosa Rock trug, rief, als sie mich sah, ich dürfe sie nicht im Stich lassen, dürfe nicht wie gestern ausreißen. Ich zuckte die Achseln und schlürfte den Tee. Oreste begann, als wäre nichts gewesen, wieder gewisse Jägerschliche zu erklären. Er hatte schon das Gewehr auf den Knien. Schließlich brachen wir auf.
Beim Abstieg gingen wir diesmal alle in einer Gruppe. Ich stieß Pieretto leicht am Ellenbogen und sah ihn fragend an. Pieretto zuckte die Achseln und sah zum Himmel. »Hatten sie denn nicht miteinander gebrochen?« flüsterte ich. »Sie ist selbst in sein Zimmer gegangen«, erwiderte er.
Nun hielt ich mich an Oreste und fragte ihn, wo der Hase wäre, den wir umlegen sollten. Da sagte Poli etwas zu ihm, Oreste wandte sich ihm zu, Gabriella sah mit einem leichten Lächeln zu mir hin. Wir waren schon von der Straße abgebogen, so genügte ein Strauch, und man war allein. Mit klopfendem Herzen – ich duzte sie ja – stammelte ich: »Kann ich dich sprechen?«
»Pardon?« sagte sie, immer noch lachend.
»So geht das nicht, Gabriella«, sagte ich. »Ich wollte mit dir über Oreste sprechen.«
Wir waren stehengeblieben. Ich sah ihre Augen ganz nahe. Sie war ernst, und doch lachte sie.
»Oreste bringt uns zur Verzweiflung«, maulte sie. »Oreste ist ungezogen.«
Unter meinem Blick zuckte sie zusammen und hielt sich weiter weg. Sie sprach mit Härte. »Auch du mußt es ihm sagen – wenn er auf dich hört. Ich glaube, ihr seid gute

Freunde. Er darf keine Dummheiten mehr machen. Vor Typen, wie ihr es seid, habe ich keine Angst ... «
Wir gingen zwischen Bäumen und Sträuchern. Wenige Schritte hinter uns folgten die andern. Die Zweige wegbiegend, packte mich Gabriella am Handgelenk und flüsterte mir zu: »Du weißt nicht, wie lieb er mir ist ... Niemand weiß es. So ernst, so drollig, so jung ... Wehe, wenn du ihm davon etwas sagst ... Doch er muß mir gehorchen und keine Dummheiten machen ...«
Wir traten in die Sonne hinaus, und die anderen folgten. Über meinem Kopf blitzte es auf, ein Schuß knallte. Ich hörte Pieretto schreien. Auch sie schrie. Wir schrien alle. Oreste hatte auf eine Ente geschossen – eine Wildente, sagte er – und sie verfehlt.
»Was für ein Einfall! Uns ins Genick zu schießen«, sagte Gabriella. »Du hättest uns zur Strecke bringen können.«
Oreste aber war glücklich: »Es ist nur Schrot«, sagte er. »Um damit einen Menschen zu töten, müßte man aus nächster Nähe Feuer geben.«
»Gib mir das Gewehr«, sagte sie. »Ich will schießen.«
Poli war am Rand der Lichtung geblieben, als wollte er an jenem Spiel nicht teilnehmen. Wir warteten, daß ein anderer Vogel vorbeiflöge; Gabriella hielt die Waffe im Anschlag; Oreste sah von ihr zum Himmel, unruhig und glücklich. Als nach einer Weile noch nichts geschah, machte Poli den Vorschlag, weiterzugehen, zum Gartenhäuschen.
An jenem Abend sprach man bei Tisch scherzend über die Wildente. »Man müßte einen Hund haben«, sagte Oreste. – »Zuerst brauchen wir einen Jäger«, sagte Pieretto. Sie sprachen mit vollem Mund und gerieten in Feuer.

»Den Appetit hast du nicht eingebüßt«, sagte ich zu Oreste.
»Warum soll er keinen Hunger haben?« fragte Poli. »Er ist ein Jäger.«
»Er muß noch wachsen«, sagte Pieretto.
»Was habt ihr nur gegen Oreste?« platzte Gabriella los. »Laßt ihn in Ruhe. Ich verlasse mich auf ihn.«
Oreste sah uns an, verwirrt und vergnügt zugleich.
»Paß auf«, sagte Poli zu ihm, »Gabriella ist eine Frau.«
»Hast du schon gemerkt, daß Gabriella eine Frau ist?« fuhr er spöttisch fort, in leichtem Ton.
»Das ist nicht schwer«, lachte sie. »Ich bin die einzige.«
»L'unique«, sagte Poli, zwinkerte mit den Augen und lächelte.
Pieretto tat, als verstehe er alles und amüsiere sich. Oreste senkte den Kopf und aß. Mir schien, er wollte sich verstecken. Und Gabriella sah ihn einen Augenblick an, mit dem gleichen aufreizenden Lächeln wie vorhin.
Seit wie vielen Tagen lächelte Gabriella ihm so zu? Sie lächelte auch mir zu, sogar Poli. Die erste Zeit auf dem Greppo schien wiedergekommen. Gabriella und Oreste verschwanden, sie machten sich unsichtbar – auf der Terrasse, im Wald. Sie schienen zu spielen; zu verbergen brauchten sie sich nicht. Ich glaube, sie hätten vor unseren Augen, vor Polis Augen, zusammen sein und reden können: Gabriella war so etwas zuzutrauen. Manchmal hätte ich schwören mögen, sie lache über uns, und Oreste diene ihr nur dazu, sich an uns allen auszutoben. Wenn wir uns abends um den Tisch versammelten, lag auf Orestes Gesicht ein fast erstaunter, oft nahezu gerührter Ausdruck. Weder mir noch Pieretto gelang es, ihn aufzurütteln, auch dann nicht, wenn wir die Rede auf Poli brachten. Was hätte das auch genützt? Für Gabriella war er nur ein Zeit-

vertreib. Ich sagte es ihm eines Abends, als ich ihn finster vor sich hinbrüten sah, und Oreste schüttelte den Kopf, als wolle er sagen ›Was weißt denn du!‹
Von Zeit zu Zeit stritten sie, schweigend, mit Blicken. Morgens, wenn Poli erst spät herunterkam und Gabriella Oreste ständig auf den Fersen hatte, sagte sie, er solle uns Gesellschaft leisten, Blumen holen, Pinotta nach Due Ponti begleiten. »Du Kindskopf«, sagte sie zu ihm, »geh schon.« Sie sagte es ärgerlich, mit einem flüchtigen Lächeln, während sie in den Zimmern hin und her ging. Oreste ging verzweifelt unter die Pinien. Dann aber kam Poli herunter, kam Pieretto herunter, und dann rief ihn Gabriella mit harter Stimme herbei, wollte, daß auch er dabei wäre, hakte sich bei ihm ein. Oreste gehorchte – unter Polis sarkastischem Blick.

XXVII

»Dieser Pinienwald gefällt mir nicht besonders gut«, sagte Pieretto eines Abends, als er mit Poli zwischen den Bäumen daherkam. »Die Gegend ist nicht wild genug. Man trifft auf keine einzige Kröte oder Schlange.«
»Was ficht denn dich an?« fragte ich ihn. »Ich wette«, sagte er, »du bist zufrieden damit.« Er grinste. »Der Tümpel war besser. Hier kann man nicht einmal nackt umhergehen. Viel zu zivilisiert.«
»Mir scheint es nicht so«, sagte Poli. »Wir leben wie Bauern.«
Gabriella kam zwischen den Stämmen zum Vorschein und blickte uns mißtrauisch an.
»Ihr schmiedet wohl Ränke?« fragte sie.
»Und ob«, sagte Pieretto. »Poli ist überzeugt, er lebe

hier bäurisch. Mir scheint, wir essen und trinken wie Schweine. Ach was, wie Herrschaften.«

»Herrschaften?« sagte Gabriella verärgert.

Da lachte ihr Pieretto ins Gesicht. »Komische Einfälle!« sagte er. »Glaubt ihr wirklich, ihr verdient euch das Leben?«

Doch Poli sagte: »Wenn du nackt gehen willst, kannst du das ja tun.«

»Unmöglich«, sagte Pieretto. »Hier kommt man sich zu zivilisiert vor.«

»Wollt ihr nackt gehen?« fragte Gabriella. »Warum nicht? Aber die Bauern tun so etwas nicht.«

Da sah Pieretto mich an. »Hast du das gehört? Die Signora ist derselben Ansicht wie du.«

»Nennt mich nicht Signora.«

»Die Sache ist die«, sagte eigensinnig Pieretto, »daß niemand es fertigbringt, nackt zu gehen wie die Tiere. Ich frage mich, warum... «

Gabriella lächelte ganz leicht.

»Verstehen wir uns recht: nackt leben«, sagte Pieretto. »Nicht sich ausziehen zum Spaß.«

Zwischen den Bäumen erschien mit seiner beleidigten Miene Oreste.

»In meinen Augen«, sagte Poli, »sind wir alle nackt, ohne daß wir es wissen. Das Leben ist Schwäche und Sünde. Nacktheit ist eine Schwäche, es ist, als hätte man eine offene Wunde... Die Frauen wissen es, wenn sie Blut verlieren...«

»Dein Gott muß nackt sein«, brummte Pieretto, »wenn er dir gleicht, muß er nackt sein...«

Wir setzten uns verlegen zu Tisch. Nicht einmal Pieretto machte an jenem Abend seine Späße. Am unschuldigsten erschien mir Oreste. Er sah Gabriella tieftraurig an. Etwas von jenem Gespräch unter den Pinien war in der Luft hängengeblieben, etwas, das uns beschämte. Auf einmal bemerkte ich, daß Poli und Gabriella Blicke wechselten, harte, fast gierige, unmißverständliche Blicke. Mich überkam die alte Ungeduld, der Wunsch, allein zu sein. Diesmal war es Pieretto, der sprach.

»Die Freuden des Greppo sind verbraucht«, sagte er kurz. »Was meinst du dazu, Oreste?«

Oreste, der bei einem zärtlichen Blick überrascht wurde, hob den Kopf. Aber keiner lächelte. Weder Poli noch Gabriella wandten etwas ein. Offensichtlich ging irgend etwas vor. Ich dachte wieder an Rosalba.

»Jäger, die Saison ist zu Ende!« sagte da Pieretto.

Oreste lächelte scheu. »Die Zeit der Zugvögel kommt noch«, sagte Gabriella plötzlich mit unerwarteter Lebhaftigkeit. »Die Schnepfen, die Rebhühner.« Sie wurde nachdenklich. »Zuerst müßt ihr Trauben lesen.«

So kamen wir wieder auf die Weinlese zu sprechen, an die Oreste höchst ungern erinnert wurde. Mit seinem Vater hatten wir vereinbart, daß wir bei der Traubenlese von San Grato dabei wären. Wir hatten es seinerzeit versprochen, und wie immer, wenn die Rede hierauf kam, verfinsterte sich Orestes Miene.

»Es ist ein Jammer, daß in den Weinbergen vom Greppo nur die Drosseln ernten«, sagte Poli, ihn verstohlen betrachtend. »Tröste dich, Oreste. Du gehst hinunter, und wir warten auf dich.«

Aber so merkwürdig es klingt, gerade das Unbehagen, das über dem Abendessen lastete, nahm den Blicken die Bosheit. In der Stille, die folgte, tönte das Geheul einer Hupe. Ein plötzlicher Lichtschein fuhr über die Scheiben, und schon war Gabriella aufgesprungen und rief erregt: »Das sind sie! Sie sind wieder da!« Man hörte lautes Rufen und

Schreien. Das Geheul der Hupe ähnelte jenem von Oreste. Poli erhob sich nur widerwillig. Pinotta lief durch den Saal, um in die Küche zu entwischen. Schließlich stand ich allein da mit Oreste, und ich erinnere mich, daß ich mir zu trinken eingoß – ich weiß nicht warum –, während draußen das Gelächter und der Lärm zunahmen. Ich legte die Hand auf Orestes Schulter und sagte: »Nur Mut!«

So begann jene Nacht, die die letzte sein sollte. Draußen, unter den Sternen, in der dünnen Luft, herrschte ein Geruch nach Pinien und reifem Land. Das brutale Scheinwerferlicht der beiden Wagen hob den Kies, die schwarzen Baumstämme, die Weite der Ebene magisch hervor. Von allen Seiten kamen die Mailänder heran. Gabriella stellte mich, wie es gerade kam, hier und da vor; völlig geblendet, drückte ich Hände, auch Pieretto drückte welche; als wir hineingingen, um uns zu setzen, kannte ich niemanden.

Mit unserem Abendessen war es vorbei. Pinotta, die beim Servieren immer ein Schürzchen trug, hatte jetzt noch ein Häubchen aufgesetzt.

Die Bar wurde weit geöffnet, Mädchen und Männer warfen sich in die Sessel, erhoben Einspruch und lachten; einer hatte bereits gegessen, ein anderer getrunken, aus den Autos wurden Körbe, Berge von Sachen, Flaschen, Süßigkeiten geholt; Korken knallten. Ich zählte drei Frauen und fünf Männer.

Die Frauen trugen Reisekleidung, Tücher um den Kopf, eine phantastische Verschlingung von Farben und nackten Beinen. Keine kam Gabriella gleich. Sie kreischten, verlangten Feuer, sahen uns ungeniert ins Gesicht. Namen wirbelten durcheinander, man sprach von einer Mara. Unter den Männern war ein hagerer junger Mensch mit einem besessenen Gesichtsausdruck; er trug eine seltsame Jacke, die ihm bis zur Taille reichte. Er wurde Cilli genannt und warf beim Eintreten einen brutalen Blick auf Pinotta, worüber alle lachten. Ein anderer faßte Gabriella unter den Arm, und sie ließen sich auf einen Diwan fallen. Wieder einer hielt sich vom Tumult zurück und grüßte artig nach allen Seiten. So tobten sie sich bei jenem ersten Wiedersehen zunächst einmal aus: es war unmöglich, von etwas anderem zu sprechen. Die Berichte aus Mailand, die vielstimmigen Antworten, die allgemeine Erregung rissen auch Poli mit, der die Frauen feierte, ihnen zublinzelte, leichthin antwortete. Gabriella, deren Gesicht glühte, wandte sich den Nächststehenden zu. Das allgemeine – fast im Chor gesprochene – Thema war der Protest gegen das verborgene Leben der beiden, gegen den unmoralischen Egoismus einer Liebe auf dem Land, gegen die vorsätzlich gesuchte Langeweile. Ein Mann in einem hellen Anzug mit einem kräftigen, sarkastischen Gesicht – ein gewisser, vierzig Jahre alter Dodo, wie ich später erfuhr – benützte einen Augenblick der Stille und erklärte ganz kühl, Abenteuer habe man mit den Frauen der anderen, nie mit seiner eigenen.

Wie ein Jagdhund beschnupperte Pieretto dieses Milieu. Ich bemerkte, daß Oreste verschwunden war. Auch Gabriella war verschwunden. Sie kamen sehr bald wieder und trugen ein Tischchen herein. Pinotta brachte, den Blick gesenkt, zerstampftes Eis. Gabriella klatschte lachend in die Hände – ich sah, daß sie sich umgezogen hatte, sie war in Himmelblau – und lud alle, die Lust hatten, ein, sich oben zu erfrischen. Wir blieben, zu viert oder fünft, in der Veranda; eine magere Frau saß neben Poli.

XXVIII

Die Magere sagte zu Poli: »Erzählen Sie mir sogleich, warum Sie hier oben leben.«
»Das wissen Sie nicht?« sagte Poli. »Papa hält mich gefangen.«
Die Magere schnitt eine Fratze. Sehr jung war sie nicht mehr. Sie streckte die Hand mit dem Glas aus und sagte: »Geben Sie schon!« Sie hatte eine harte, trockene Stimme, ihre Finger waren mit Ringen überladen.
»Papa oder Gabriella?« fragte sie und lachte dumm.
»Das kommt aufs gleiche hinaus«, sagte ein junger, auf der Armlehne eines Sessels sich flegelnder Mann. »Das sind so Familienpflichten.«
Da tat Pieretto den Mund auf. Er sagte: »Ein Abend genügt kaum, um ihm dieses Geheimnis zu entreißen.«
Niemand achtete auf ihn. Jener junge Mann sagte noch: »Aber wir wollen dich doch unterhalten. Wir haben uns gesagt, vielleicht trinkt er so allein nicht genug. Wir sind gekommen, um dich wieder aufs laufende zu bringen. Dodo hat gewettet, du wüßtest nicht mal, was in Mailand in diesem Jahr getanzt wird.«
»Das«, sagte Poli ernst, und schlug mit erhobenem Finger den Takt.
»O nein«, lachten und brüllten sie alle. Die Magere prustete in das klingende Glas. Dodo, sarkastisch lachend, so daß man die Goldzähne sah, betrat wieder den Saal.
»Du bist ein Jahr zurück«, sagte der junge Mann, sowie er sich Gehör verschaffen konnte.
»Nicht mehr als drei Monate«, sagte Dodo gelassen, als führe er das Gespräch. »Poli ist in seiner Entwicklung um drei Monate zurück.«
Dieser Dodo war ein braungebrannter Mann mit kalten

Augen, der unbekümmert und selbstsicher sprach. Ich dachte wieder an Polis Ärger, als wir sie hatten ankommen hören, dachte an die Blicke von vorhin. Jetzt ging alles drunter und drüber, die Freunde kamen herbei, sie stürmten von der Treppe herein, die artigen Gesichter tauchten von neuem auf. Gabriella kam als letzte, während der Plattenspieler anfing zu scheppern.

Ich stand da, stützte mich leicht auf eine Fensterbank und hatte Lust, zu verschwinden, in die Wälder zu entwischen. Pieretto schwatzte schon unbeirrt inmitten der Gruppe. Noch tanzte niemand. Der hagere Cilli amüsierte sich ganz allein damit, daß er Brötchen verschlang, wobei sein Adamsapfel auf und nieder hüpfte. Oreste war schon wieder verschwunden. So betrachtete ich Gabriella an seiner Statt. Sie sagte gerade ein paar Worte zu Poli, und der zerzauste junge Mann zerrte sie am Handgelenk. Sie lachte und redete und ließ sich mitschleifen. Sie sah schön aus in jenem Kleid. Ich fragte mich, wie viele jener Männer sie angefaßt hätten, wie viele so viel von ihr wüßten wie Oreste.

Die übrigen Frauen gefielen mir nicht. Es waren lauter Rosalbas. Bequem in ihren Sesseln liegend – Blondinen und Brünette –, lachten sie kalt und tranken einander zu. Die Magere, mit mehr Ringen geschmückt und mehr geschminkt als die anderen, hatte sich noch nicht gerührt. Mit einem kleinen unschuldigen und verdorbenen Gesicht hörte sie auf die Gespräche der Männer. Sie saß mit übereinandergeschlagenen Beinen in den Diwan gekuschelt.

Dann, auf einmal, tanzten alle. Die Altstimme sang jenen Blues. Oreste fehlte noch immer. Gabriella lag in den Armen Dodos, der seine Ruhe auch beim Tanzen nicht verlor. Mir schien dies eindeutig der Mann für sie zu sein,

riesig und sarkastisch, wie er war. Er flüsterte ihr etwas zu, und Gabriella lachte ihm ins Gesicht.
Ich ging durch das Zimmer, um mir etwas einzuschenken. Ich traf auf Pieretto, der Eis aß. »Na, kannst du noch stehen?« fragte ich ihn.
Nachsichtig sah er mich an.
Der komische Cilli steuerte zwischen den Paaren hindurch auf uns zu. Ich war auf irgendeinen Witz gefaßt – eine Grimasse oder einen Hahnenschrei. Statt dessen reichte er uns die Hand. »Hocherfreut«, sagte er mit schriller Stimme.
»Sympathisches Milieu.« Und er blinzelte uns zu.
»Sind Sie zum erstenmal hier?« fragte Pieretto.
»Ich weiß gar nicht recht, wo wir sind«, sagte er mit der gleichen Stimme. »Wir waren im Klub und pokerten, da kamen Freunde vorbei und holten uns. Ich glaubte, wir gingen ins Kasino, dann habe ich Mara gesehen, und sie sagte: ›Wir fahren zu Poli.‹ Aber wer denkt denn noch an Poli! Es hieß, er wäre verrückt.« Er verdrehte die Augen wie ein Verrückter. »Wie ist das Dienstmädchen?« wisperte er. »Die Rothaarige? Genießbar?«
»Wie Wasser«, sagte Pieretto.
»Was hält man in Mailand von Poli?« fragte ich ihn.
»Wer hat denn gewußt, daß er noch auf der Welt ist! Aber um einen Ausflug hierher zu machen, dazu ist er gerade recht.«
Er hatte sich mit jenen Vogelbewegungen nach der Tür umgedreht, zog seine Jacke um die Hüften straff und ging hinaus.
»Elegant und ehrlich«, murmelte ich Pieretto zu.
Pieretto schüttelte den Kopf und betrachtete den Tisch und die Paare. »Ehrlich sind sie alle«, sagte er überzeugt. »Sie essen, trinken, rücken sich auf den Leib. Was erwar-

test du denn? Daß sie dir beibringen, wie man es macht?«
»Wo ist Oreste?« fragte ich ihn.
»Wenn du zu ihnen gehörtest, würdest du es genauso machen.«
Ich trank noch einen Schnaps und ging weg.
Es war schön, in die Nacht hinauszugehen und am Waldrand stehenzubleiben. Die Musik und der Lärm, die nur noch gedämpft zu mir drangen, trennten mich von der Weite des Landes. Es war, als schwömme man zwischen den Sternen.
Als ich wieder hineinging, nahm ich Gabriella beiseite.
»Oreste ist draußen und wartet«, sagte ich zu ihr.
»Wenn der nicht verrückt ist...«
»Ich weiß nicht, wer von euch beiden verrückter ist«, sagte ich. »Auf mich – auf mich wartet niemand.«
Da lachte sie und schlüpfte hinaus.
Ab und zu bildete sich ein Kreis, und Pieretto hielt Reden, lachte, schmeichelte den Damen. Noch hatte niemand den Vorschlag gemacht, zusammen unter die Pinien zu gehen.
Der Plattenspieler tönte unermüdlich. Im Grunde war es leicht, sich unter jene Leute zu mischen. Sowohl die Frauen als auch Dodo wollten nichts als genießen. Man brauchte nur mitzugenießen. Der Morgen war noch fern.
Die größte Ausdauer im Tanzen zeigten Poli und die Magere mit den Ringen. Es kam ein Augenblick (Gabriella war, ich weiß nicht, wie lange schon, hinausgegangen), da der Plattenspieler verstummte. Poli und die Magere blieben stehen und hielten sich fest umschlungen. Die übrigen umringten Cilli, der auf dem Teppich kniete und sich laut klagend vor einem an den Boden gespießten Foto von Poli verneigte. Pieretto, der immer noch nicht genug hatte, assistierte ihm.
Auf einmal begann Cilli die Messe zu leiern. Mara, die

blonde Freundin von Dodo, trocknete sich die Augen, in denen Tränen standen, und flehte, er solle aufhören. Die anderen jubelten Cilli Beifall zu. Poli kam wankend herbei, und auch er lachte.
Aber Pieretto sagte etwas. Er sagte, ein Gott, den man achte, trage eine Wunde an der Seite. »Der, der sich das anmaßt, entblöße sich«, rief er pathetisch. »Er zeige uns seine Wunde!«
Hier und da ertönte noch ein dünnes Auflachen, dann verstummte alles, keiner lachte mehr. Die Magere, die außerhalb des Kreises stand, keuchte: »Was ist los? Was tun sie?« Ich wagte Poli nicht anzusehen. Mir genügte das andere scharlachrote Gesicht.
Jemand legte eine Schallplatte auf. Sogleich bildeten sich die Paare. Plötzlich trank ich mit Dodo, der sich suchend umsah. »Sie ist nicht da«, sagte ich zu ihm. »Sie kommt gleich zurück.« Er hob das Glas und blinzelte mir leicht zu. Ich machte ihm, ganz ernst, ein Zeichen. Wir hatten einander verstanden.
Ich war sehr betrunken. Der Lärm und das ständige Gesumm hüllten mir den Saal allmählich in einen Nebel. Im Hintergrund saß Poli. Jemand sprach mit ihm – auch Pieretto war dort –, und er schien ruhig, ein bißchen benommen. Er war bleich; aber nunmehr schien alles bleich.
Gabriella und Oreste kamen herein.

XXIX

Jetzt waren viele unter die Pinien hinausgegangen. Man sprach davon, einander den Hügel hinunterzujagen. Sie suchten jemanden, ich glaube Poli und die mit den Rin-

gen. Der Plattenspieler spielte. Ich ging noch einen Gin trinken.
Oreste ging an mir vorbei und schlug mir auf die Schulter. Er war glücklich – und wie!
»Geht alles gut?«
Auch er hatte zerzaustes Haar.
»Diese Tölpel«, sagte er. »Wenn sie doch gingen!«
»Was sagt Gabriella?«
»Sie kann es kaum erwarten, sie wegzuschicken.«
Gabriella war gerade mit Dodo hinausgegangen.
»Komm«, sagte ich zu ihm, »du mußt trinken.«
Durchs Fenster wehte es frisch, fast kalt (abends und morgens hüllte sich die Ebene nun schon in Nebel). Pinotta ging mit einem Servierbrett an den Magnolien vorüber und wurde im Dunkeln von jemandem gepackt; es war Cilli. Sie machte sich mit einem Ruck jäh los und ließ die Gläser zu Boden fallen. Auf das Geklirr hin brach man zwischen den Pinien in Hochrufe aus.
»Sieh dir das an«, sagte ich zu Oreste, »heute nacht tut jeder, was er will. Wo ist Pieretto?«
»Wenn sie nur gingen!« sagte er.
Wir waren allein in der Veranda. »Heute nacht kannst du es mir sagen«, murmelte ich hinter dem Glas. »Warst du auf der Terrasse mit ihr? Hast du es geschafft?«
Oreste sah mich freimütig an und bewegte kaum die Lippen. Ich beugte mich vor. Er schüttelte lächelnd den Kopf und ging weg. Ich hörte, wie jemand auf der Treppe ausspuckte, hörte gedämpfte Stimmen. Von dort ging es zu den Schlafzimmern. Womöglich zu meinem. Ich konnte mich nicht beherrschen und trat an die Tür. Niemand war da. Nun ging ich weiter die Treppe hinauf, bereit, wenn nötig, zu lächeln. Die Lampen, die überall brannten, weckten ein Gefühl von Einsamkeit. Niemand, auch oben

nicht. Da betrat ich mein Zimmer, schloß die Tür hinter mir, machte Licht, löschte es aus. Niemand war da. Ich setzte mich im Dunkeln ans Fenster und rauchte. Von den Pinien her drangen Schreie, undeutliche Stimmen, dumpfe Geräusche herauf. Ich dachte an den nicht mehr jungfräulichen Greppo.
Bei dem Hall von Schritten im Flur draußen fuhr ich auf. Ich ging hinaus und erkannte den himmelblauen Rock – er schwenkte nach unten. Auf halber Treppe holte ich sie ein.
Wir gingen zusammen hinunter; Gabriella schnitt mir eine Grimasse.
»Müde?« fragte ich sie. Sie zuckte die Achseln. Ich fragte sie nicht nach Dodo.
Nun ging auch ich unter die Pinien hinaus. Ich hörte weibliche Schreie und das heisere Gelächter Pierettos. »Sie amüsieren sich«, sagte ich.
Gabriella ließ sich auf die Stufen fallen, faßte mich bei der Hand und zog mich gewaltsam zu sich hinunter. »Bleib einen Augenblick hier«, sagte sie mit einem Verschwörerton in der Stimme. »Wenn Oreste kommt«, murmelte ich.
»Gefällt es dir hier nicht?« lächelte sie. »Willst du trinken?«
»Hör mal«, sagte ich zu ihr. »Was hast du mit Oreste getan?«
Sie antwortete nicht und hielt noch immer meine Hand. Ich spürte ihren Atem und roch ihr Parfüm. Ich legte meine Wange an ihre und küßte sie.
Sie schob mich weg. Sie sagte nichts und schob mich weg. Ich hatte ihren Mund nicht berührt. Sie hatte mir nicht geantwortet. Jetzt schlug mir das Herz, auch sie spürte es.

»Dummkopf«, sagte sie kalt. »Siehst du, dasselbe habe ich mit Oreste gemacht.«
Ich war geknickt und verzweifelt. Mit gesenktem Kopf hörte ich sie an.
»Ihr seid Kindsköpfe«, sagte sie, »auch Oreste, auch der andere. Was wollt ihr denn? Wir sind Freunde, na und? Da hört es auf. Diesen Winter geht ihr zurück nach Turin. Auch Oreste muß zurück nach Turin. Auch Oreste muß zurück. Du mußt es ihm sagen. Oreste hat ein Mädchen. Die soll er heiraten. Ich habe damit nichts zu tun.«
Sie schwieg. Nach einer Weile murmelte ich: »Bist du eifersüchtig?«
»Oh, hör auf. Das fehlte gerade noch.«
»Dann ist Poli eifersüchtig...«
»Red keinen Unsinn. Du mußt Oreste nur sagen, daß ich nicht über mich verfügen kann. Sagst du es ihm?«
»Was hast du? Weinst du?«
Ihre Stimme klang gequält. »Ja, sage ihm, daß ich weine. Er muß begreifen, daß Poli krank ist; ich will nur, daß er gesund wird.«
»Aber Oreste sagt, du könntest mit Poli nichts anfangen. Ihr hättet euch getrennt. Als Poli in der Klinik lag – wo warst du da?«
Ich schämte mich, daß ich das gesagt hatte. Gabriella schwieg. Wieder schlug mein Herz heftig.
»Höre«, sagte sie, »glaubst du mir?«
Ich wartete.
»Glaubst du mir, oder nicht?«
Ich hob den Kopf.
»Ich bin Poli wirklich gut«, flüsterte Gabriella.
Sie blieb beharrlich: »Das scheint dir wohl sinnlos?«
»Und er? Ist er dir auch gut?«
Gabriella stand auf und sagte: »Denk daran. Du mußt es

Oreste sagen. Wenn ihr weggeht, mußt du es ihm immer wieder sagen... bitte.«
Sie ging fort, unter die Pinien. Mir drehte sich der Kopf. Als ich aufstand, hätte ich den Greppo hinunterrennen, hätte ich gehen, gehen können bis Tagesanbruch, bis nach Mailand oder Gott weiß wohin, wie in Turin in den Nächten der Raserei. Statt dessen ging ich in den Saal zurück, um weiter zu trinken.
Da kam von der Treppe her Poli. Er hatte zwei Jacken über den Schultern, keine richtig angezogen, und Augen wie Glut in der Asche. Ich war darauf gefaßt, daß er betrunken wäre, aber nicht dermaßen... Er sagte, ich solle bei ihm bleiben, mich setzen und mit ihm rauchen. Er sagte es leise, mit eindringlicher Stimme.
Ich fragte ihn anstandshalber, ob er jene Freunde schon lange kenne. Und da merkte ich, daß er nicht betrunken war. Jedenfalls nicht vom Alkohol. Er hatte die gleichen Augen wie in jener Nacht, da wir ihm auf dem Hügel begegnet waren.
»Poli«, sagte ich, »fühlst du dich nicht wohl?«
Er sah mich von unten herauf an und preßte die Hände fest um die Lehnen des Sessels.
»Es wird allmählich kalt«, sagte er. »Wenn es wenigstens schneite. Dann könnte Oreste etwas töten...«
»Hast du etwas gegen Oreste?«
Er schüttelte den Kopf, ohne zu lächeln. »Ich wollte, ihr müßtet nie weg. Amüsierst du dich nicht heute abend? Du willst doch nicht etwa weg?«
»Deine Freunde aus Mailand gehen morgen früh.«
»Sie langweilen mich«, sagte er. »Es sind alte Leute, die nicht reden können.« Er schüttelte sich, als müsse er sich erbrechen, und preßte die Lippen aufeinander. Er sah zu Boden und fing sich wieder. »Es ist unglaublich«, sagte er,

»daß die älteste Seele, die man in sich hat, die eigene Kinderseele ist. Ich habe das Gefühl, als wäre ich noch immer ein Junge. Es ist die älteste Gewohnheit, die wir haben...«

Irgendein Idiot drückte draußen auf die Hupe von einem der Wagen, und jener heisere, heulende, abgedrosselte Laut ließ Poli hochfahren.

»Die Posaunen des Gerichts«, sagte er finster.

Da kam Dodo herein. Er sah uns und blieb stehen. »Dieser Cilli, dieses Vieh«, rief er. »Er muß irgendeiner die Höschen entwendet haben. Er läßt sie beschnuppern und sagt: ›Wenn du errätst, von wem sie sind, ist die Frau dein.‹ Ich frage mich nur...«

Poli schaute ihn mit erloschenen Augen an.

»Bist du betrunken?« fragte Dodo. »Ist er betrunken?« Er setzte sein sarkastisches Gesicht wieder auf. Er rieb sich die Hände und ging an den Tisch. »Ein bißchen kühl«, stellte er fest. »Ich weiß nicht, was für eine Lust die Mädchen gepackt hat.« Er leerte das Glas und schnalzte mit der Zunge. »Ist niemand oben?« Poli sah ihn an, noch immer auf jene Art. »Habt ihr Gabriella gesehen?«

Als Dodo gegangen war, fing Poli wieder an: »Es ist schön, so zu schreien in der Nacht. Es ist wie eine unterirdische Stimme. Es ist, als komme sie aus der Erde oder aus dem Blut... Ich mag Oreste gut leiden.«

XXX

Als der Morgen dämmerte, waren wir alle noch im Saal. Zu zweit, zu dritt oder allein, hier und da hingeworfen. Cilli und noch einer schliefen. Einige starrten auf die

Fenster, andere schwätzten. Pieretto und Dodo nippten an ihrer Grappa.
Einzeln waren wir zurückgekommen aus der Macchia, aus den Wäldern, von der Höhe.
Pinotta – ich klopfte an ihre Tür, um sie zu wecken – braute uns einen Kaffee.
Die im Morgengrauen erdfarbenen Gesichter liefen blau an, wurden rosa, und das elektrische Licht machte sie bleich. Als wir es ausknipsten, sahen wir einander bestürzt an. Die Frauen wurden als erste wieder lebendig.
Sie fuhren bei hellichtem Tag fast lautlos über den feuchten Kies davon. Der alte Rocco sah sie vom Wasserbecken aus, in das er einen Schlauch gelegt hatte, wegfahren.
»Wir kommen wieder«, schrien sie. »Auf der Autobahn geht es schnell.«
»Wir kommen nach Mailand«, rief Gabriella von der Böschung aus.
Poli war schon hineingegangen. Wir gingen faul über den Kies und blickten rundum. Vom niedrigen Zweig einer Pinie hing ein karierter Schal. Ich stieß mit dem Fuß an ein unversehrtes Glas, das im Kies lag. Jetzt, am Morgen, im gewohnten Licht, wagte ich nicht, Gabriellas Blick zu suchen; auch Oreste schwieg, die Hände auf dem Rücken.
»Blöde Leute«, sagte Pieretto. »Eben aus Mailand...«
Gabriella lächelte müde. »Wie geistreich! Vielleicht sagen sie das gleiche von uns.«
»Die Männer sind schuld«, sagte Pieretto. »Den Mann erkennt man an den Frauen, die er erträgt.«
Oreste sagte: »Du erträgst überhaupt keine.«
»Hört mal«, sagte Gabriella, »macht das unter euch aus. Ich mache mich etwas zurecht. Schluß jetzt!«
Sie entfernte sich in der glasklaren Luft.
Wir gingen in den Saal zurück. Es schien mir unmöglich,

das Leben von früher wieder aufzunehmen. Etwas hatte sich geändert. Wer würde das Wort sagen? Es war, als ob auch wir uns schon verabschiedet hätten.
Über dem Durcheinander des Saales lag jener Geruch von abgestandener Luft und von Blumen. Es stank nach Puder. In einem Teller glomm noch eine Zigarette.
»Heute nacht«, sagte Oreste, »finde ich Pinotta in der Küche: sie weint, weil nie jemand mit ihr tanzt.«
Wir blieben in den Sesseln. Ich war auf Kopfschmerzen schon gefaßt gewesen; nun mußte ich sie aushalten. »Trink darauf«, sagte Pieretto, »das hilft.« Er goß sich einen Schnaps ein.
Dann sprachen wir davon, zum Einkaufen nach Due Ponti zu gehen. Der Vorschlag gefiel. »So helfen wir der Pinotta!«
Ich ging nach oben, um in meinem Zimmer die Jacke zu holen. Als ich durch den Flur kam – jener leichte Geruch nach Gardinen und Sonne –, hörte ich Husten, Würgen, Röcheln. Es kam aus dem Zimmer von Poli. Ich legte die Hand auf die Klinke, und die Tür gab nach. Poli, der im Pyjama auf dem Bett saß, hob keuchend die Augen. In der Hand hielt er ein Taschentuch, das ganz voll Blut war. Er fuhr mit dem Tuch an den Mund.
Ich war bestürzt stehengeblieben, und Poli sah mich mit jenen verquollenen, wehrlosen Augen an...
»Ich verstehe nicht«, stammelte er keuchend.
Er machte eine Bewegung, als wolle er die Hand verstekken, und statt dessen öffnete er sie. Auch die Hand war voll Blut. »Es ist kein Erbrechen«, sagte er. »Gabriella...«
Ich fand sie in ihrem Zimmer. Während sie schon losrannte, fuhr sie in den Morgenrock. Poli empfing sie überrascht, mit dem Schmollen eines bestraften Kindes. Er sagte: »Es tut mir nicht weh. Ich habe nur gespuckt.«

Wir riefen Oreste, riefen Pieretto. Gabriella bewegte sich ruckartig durchs Zimmer um Poli herum. Alle Blicke, Worte, Zuckungen jener Tage brannten ihr wie Fieber in den Augen. Jene Härte legte sie nicht mehr ab.
Oreste horchte Poli bereitwillig und schweigend ab und biß sich auf die Lippen. »Gehn wir«, sagte ich zu Pieretto. »Lassen wir sie ruhig allein.«
»Wußtest du, daß er die Schwindsucht hat?« fragten wir uns fast gleichzeitig in der Veranda.
»Bei dem Leben, das er geführt hat, braucht man sich nicht zu wundern«, sagte ich. »Wahrscheinlich wußte er es...«
»Ach wo«, sagte Pieretto. »In solchen Fällen läßt man sich behandeln.« Manchmal war Pieretto naiv. Da sagte ich ihm, daß es nicht damit getan sei, an die Gesundheit zu denken, damit man etwas tue oder unterlasse. Ich sagte ihm, daß Poli, so verrückt er war, ein schwermütiger, ein einsamer Mensch wäre, einer von den Grüblern, die soviel nachdenken, daß sie schon im voraus wüßten, was ihnen zustoßen werde. »Das mit Gabriella, wußtest du das?« – »Was denn?« – »Daß sie verliebt ist wie eine Katze.«
Er bejahte. Aber dann sagte er: »Wer ist die Maus?«
Alle kamen herunter, auch Poli. Er sah verärgert aus, die Augen lagen hohl in dem bleichen Gesicht. Er sagte mit der uns an ihm vertrauten Stimme, es bestehe kein Grund, seine Gewohnheiten zu ändern, die Welt sei voller Leute, die Blut aus der Nase verlören, und wer Lust habe zu leben, der lebe.
Oreste erklärte ganz kalt, die Sache müsse alt sein, und er verstehe nicht, daß man das im Krankenhaus nicht entdeckt habe. Er sprach, ohne Gabriella anzusehen. »Du mußt dich sofort untersuchen lassen«, sagte er zu ihm. »Du mußt nach Mailand fahren.«

Da sagte Gabriella, sie gehe nach Due Ponti hinunter, um zu telefonieren. »Ich fahre mit dem Rad hin«, schlug ich vor. »Dann nimm mich mit«, sagte Gabriella, »ich will seinen Vater sprechen.«

Aber ich konnte, wenn es abwärts ging, niemanden aufsitzen lassen, und so blieb es an Oreste hängen, und das war auch richtig so. Sie fuhren ab, Oreste hielt sie zwischen den Armen, ihre Wange an seiner Schulter.

»Trinken wir darauf?« sagte Poli und ging ins Haus zurück. »Es lohnt sich.«

Er nippte an seinem Glas. Er war aschfahl und lächelte. Ich dachte an jene Nacht auf dem Hügel, als der mattgrüne Wagen zwischen den Bäumen aufgetaucht war.

»Da hat sich auch mein Vater verrechnet«, sagte Poli. »Ein Glück, daß es bald aus ist.«

Pieretto brummte, er solle keinen Unsinn reden.

»Ändert das etwas?« sagte Poli leise. Er hustete und griff nach dem Mund. Er zog eine Zigarette heraus.

»Hör auf damit«, sagte Pieretto.

»Auch du«, sagte Poli, zündete sie jedoch nicht an und legte sie hin. »Das sind die ganz kleinen Sünden, aus denen der Tag besteht. Sich das Leben mit so einem kleinen Laster, mit so gut wie nichts verscherzen. Da kann man eine ganze Welt entdecken.«

»Die Welt ist groß«, sagte Pieretto und stürzte sein Glas hinunter.

Als Gabriella und Oreste zurückkamen, waren wir etwas angeheitert, und Poli stammelte, es lasse sich leicht leben, wenn man sich von den Illusionen zu befreien wisse.

Oreste riet ihm, sich auszuruhen, um der Fahrt gewachsen zu sein. Gabriella nahm ihm das Glas aus der Hand und bat ihn, sich hinzulegen.

Dann begannen sie durch das Haus zu gehen, sie und Pinotta, und uns schickten sie hierhin und dahin, Schubladen leeren, einpacken. Oreste folgte ihr mit zusammengebissenen Zähnen.

Kurz nach Mittag traf der Wagen ein, der grüne Wagen mit einem jungen Fahrer in Livree. Der Signor Commendatore, sagte er respektvoll, sei nicht in Mailand. Gabriella ließ ihn die Koffer aufladen.

Wir aßen schweigend. Gabriella mußte aufstehen, um noch mit dem alten Rocco zu sprechen. Ich setzte mich allein auf die Böschung und sah auf die Ebene, auf die wilden Hänge. Es war ein Tag mit großen weißen Wolken am sanften Himmel, ein Tag, der nach Obst roch.

Wir stiegen in den Wagen. Wir drei setzten uns nach hinten. Poli sagte kein Wort, ich wunderte mich, daß er das Steuer nicht selber nahm. Oreste hatte seine Jagdflinte umgehängt und hielt sein Rad fest, das auf dem Trittbrett stand.

Am Fuße des Greppo vergaß ich ganz, mich umzudrehen. Man redete hin und her, um dem Fahrer den Weg zu erklären. Nach wenigen Minuten des Dahinholperns waren wir am Bahnhof, zwischen den mit Blumen geschmückten Häusern, vor den vertrauten Hügeln. Mir war, ich hätte sie von jeher gekannt. Am Bahnübergang stiegen wir aus. Drüben lag, asphaltiert und weiß, die Landstraße mit den Prellsteinen und niederen Hecken. Wir wechselten ein paar Worte, scherzten, das harte Gesicht Gabriellas lächelte für einen Augenblick. Poli winkte mit der Hand. Dann fuhren sie ab, und wir gingen ins Mulino trinken.

Cesare Pavese

»Als Mensch ist er an seiner Einsamkeit und Schwermut zerbrochen: aber seine unerfüllte Sehnsucht nach dem einfachen Glücklichsein hat tiefe Spuren in all seinen Werken hinterlassen. Man konstatiert das mit der immer gleichen Ergriffenheit.«
(Salzburger Nachrichten)

Am Strand
Roman. Band 5303

Der Genosse
Roman. Band 5302

Der schöne Sommer
Roman. Band 5899

Der Teufel auf den Hügeln
Roman. Band 5965

Unter Bauern
Roman. Band 5304

Fischer Taschenbuch Verlag

Ignazio Silone

Das Geheimnis des Luca

Roman. Band 5755

Ignazio Silone, geb. 1900 in den Abruzzen, nach eigener Aussage »ein Christ ohne Kirche, ein Sozialist ohne Partei«, schrieb Romane, Novellen, Essays, in denen er sich für den entrechteten Menschen engagiert. Nach einer fast lebenslangen Zuchthaushaft kehrt Luca in sein Heimatdorf in den Abruzzen zurück – aufgrund eines Gnadenerlasses. War er der Mörder? Oder warum sonst hatte er die Strafe auf sich genommen? Und warum sind ihm noch vierzig Jahre nach der Tat alle Türen verschlossen, als wäre er ein Aussätziger? Meisterlich gelingt es dem großen italienischen Schriftsteller, eine spannende Fabel vor den lichten Hintergrund einer romantischen Liebesgeschichte zu stellen.

fi 129/2

Elsa Morante

Arturos Insel

Roman. Band 1884

Mit ihrem frühen poetischen Roman hat die Dichterin Elsa Morante die Weltliteratur um eine der schönsten Knabengestalten bereichert. Arturo, der hier rückblickend seine Kindheitserinnerungen erzählt, ist Mittelpunkt eines ungewöhnlichen Dramas: der mutterlos aufwachsende Junge, der seinen Vater vergöttert, muß sich eines Tages eingestehen, daß er seine noch fast kindliche Stiefmutter liebt. Immer eindringlicher verwandelt sich die Sehnsucht des Vierzehnjährigen nach der Mutter in verhaltene erste Liebe zu der sechzehn Jahre alten Nunziata, der zweiten Frau seines Vaters.

La Storia

Roman. Band 2000

Elsa Morante erzählt die bewegende Geschichte einer Gruppe einfacher Menschen in Rom und auf dem nahen Land, die vom Räderwerk der politischen Ereignisse zwischen 1941 und 1947 zermahlen werden. Im Mittelpunkt steht das Schicksal der halbjüdischen Lehrerin Ida und ihrer beiden Söhne.